보고
싶어서,

가고
싶어서

내게
왜 여행하느냐
묻는다면

보고 싶어서, 가고 싶어서

1판 1쇄 발행 2017년 7월 31일 **1판 2쇄 발행** 2017년 10월 18일

지은이 박세열
발행처 수오서재 **발행인** 황은희, 장건태
편집 최민화 **마케팅** 이종문 **제작** 제이오
주소 경기도 파주시 회동길 337-16, 302호(10881)
등록 2014년 6월 16일(제396-2014-000115호)
전화 031)955-9790 **팩스** 031)955-9796 **전자우편** info@suobooks.com
홈페이지 www.suobooks.com
ISBN 979-11-87498-15-5 03810 책값은 뒤표지에 있습니다.

이 도서의 국립중앙도서관 출판시도서목록(CIP)은 서지정보유통지원시스템 홈페이지(http://seoji.nl.go.kr)와
국가자료공동목록시스템(http://www.nl.go.kr/kolisnet)에서 이용하실 수 있습니다.(CIP제어번호: CIP2017016574)

도서출판 수오서재守吾書齋는 내 마음의 중심을 지키는 책을 펴냅니다.

내게
왜 여행하느냐
묻는다면

보고 싶어서, 가고 싶어서

박세열
글
그림
사진

다시 여행을 할 수 있을까?

아니,

다시 지난번 같은 여행을 할 수 있을까?

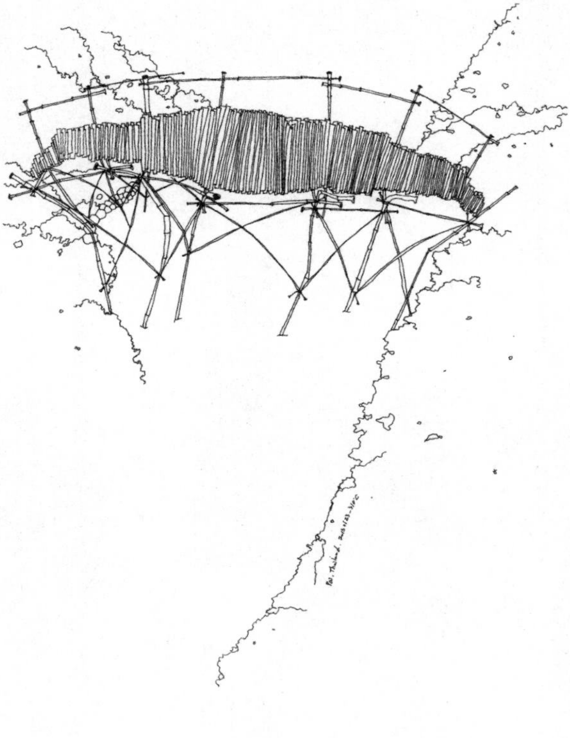
Pai. Thailand.

우연히 일주일 여행을 떠났다.
그랬더니 한 달간 여행 중이라는 검게 그을린 이를 만났다.
'한 달'이라는 단어가 참 길게 느껴졌다.
그리고 한 달씩이나 여행하는 그들이 부러워졌다.
그래서 한 달 동안 여행을 떠났다.
그랬더니 일 년째 여행 중이라는
머리가 길고 수염이 지저분한 남자를 만났다.
'일 년'이라는 단어가 영원처럼 길게 느껴졌다.
그리고 일 년씩이나 여행하는 그들이 부러워졌다.
그래서 일 년 동안 여행을 하고 싶다고 생각했다.
그리고 배낭을 메고 떠났다.
이 책은 일주일과 한 달,
그리고 대략 일 년간 떠난 여행들의 기록이다.

차례

PROLOGUE

ASIA

첫 여행은 첫사랑

INDIA

AUSTRALIA

o

아슬아슬 여행처럼

SOUTH AMERICA

○

벽화 그리러 왔어요

EUROPE

MADAGASCAR

ㅇ

한없이 느긋하게

AGAIN

ASIA

ㅇ

불안한 꿈을 함께 노래하는 일상

PROLOGUE

서울 생활 부적응기

늦가을의 쌀쌀한 바람이 불던 밤, 서울역에서 기차 아닌 버스를 기다렸다. 평소보다 일찍 버스가 도착했고 텅 빈 버스에 올라 적당한 자리를 골라 앉았다. 이어폰을 꽂고 아무런 취향 없이 주간 인기 100곡을 들으며 멍하니 창밖을 바라봤다. 그때 한 남자가 다가와 인사했다.

"오랜만이다!"

우연히 한 친구를 만났다. 몇 년 만에 만난 친구는 하얀 와이셔츠에 넥타이를 단정히 매고 있었다. 우리는 서로 희미하게 떠오르는 오래전 친구들 소식을 주고받으며 애써 반가워했고, 서로 공통점이 없는 대학 생활을 이야기했다. 그리고 친구는 넥타이 매듭을 만지며 얼마 전 치과의사가 되었다고 말했다.

"빚도 능력이지!"

친구는 대학병원 생활 이야기를 하다가 뜬금없이 마이너스 통장에 대해서 자랑스럽게 이야기했다. 몇천만 원의 마이너스 통장은 조금 전까지 몇천 원을 고민하던 나를 마이너스 된 사람처럼 만들었다. 그리고 내 목은 넥타이를 맨 친구의 목처럼 답답해졌다.

진작 넥타이를 맸어야 할 나이.

몇천만 원의 빚을 자랑스럽게 가진 친구 대신에 잠시 반대편 검은 창에 비친 내 모습을 바라보았다. 소매는 낡아 실밥이 삐져나왔고 낡은 고무줄로 묶은 머리는 너저분하게 헝클어져 있었다. 마치 제 궤도를 찾지 못해 둥둥 떠다니는 우주 먼지가 돼버린 기분이었다.

한참을 달리던 버스가 정류장에 멈춰 섰고 친구가 일어났다. 오랜만에 만난 친구가 일어난 자리에는 반가움보다는 무거운 마음과 뒤처진 나만 남았다.

여행이 끝난 후 일상은 '머리가 긴 남자'라는 점 외에는 여행 전과 다를 것이 없었다. 학교에 복학해 서너 살 어린 동생들과 학교를 다녔고 설계실에서 밤새 과제를 했다. 그리고 종종 교수님들께 열등생 취급을 받으며 꾸역꾸역 졸업 전시를 준비했다.

마지막 학년 6월 말, 조금 이른 졸업 전시가 끝나고도 아직 어떤 일을 해야 할지, 취업을 할지, 다른 길을 찾아야 할지에 대한 고민을 미처 끝내지 못했다. 그리고 마지막 2학기가 시작되었고 무섭게 취업 시장이 열렸다.

일단 원서부터 넣자, 라는 생각에 긴 머리를 짧게 잘랐다. 그리고 입사 원서에 단정하게 찍은 사진을 곱게 붙이듯 사진 첨부 버튼을 신중히 눌렀다. 그래도 다행히 어떤 '직장'을 가져야 할지 명확한 선택은 하지 못했지만 무엇을 좋아하고 어떤 일을 싫어하는지 정도는 어렴풋이 알고 있어 한 손으로 셀 수 있는 곳에만 입사 원서를 제출했다.

'최종 제출 후에는 원서를 수정할 수 없습니다.

그래도 진행하시겠습니까?

예 / 아니오.'

수정할 것도 없으면서 괜히 '아니오'를 몇 번이나 눌렀다가 간신히 '예'를 무겁게 눌렀다. 며칠 후, TV 오디션 프로그램처럼 몇 단계에 걸친 입사전형이 시작되었다. 몇 날 며칠 고민해 작성한 서류였지만, 그 시간으로는 부족했는지 서류만으로 여러 회사에서 탈락했고 몇몇 곳에선 간신히 면접을 볼 기회를 줬지만 결국 탈락했다. 그렇게 계속되는 탈락 소식에 초조하고 실망했지만 그래도 다행히 딱 한 곳에서, 그것도 가장 다니고 싶다, 라고 생각한 회사에서 최종 합격 소식을 전해주었다.

그렇게 난 넥타이 맨 사람이 되었다.

이제 왼쪽 가슴에 빨간 회사 배지를 달고 넥타이를 매고 지하철을 타고 출근을 한다. 생각보다 어른들의 아침은 일찍 시작되었다. 다들

TUBING

비슷한 시간에 비슷한 옷을 입고 비슷한 타이밍에 몸을 흔들며 무표정한 얼굴로 나아갔다. 나도 역시 비슷한 옷을 입고 같이 흔들리니 묘한 동질감과 안도감이 들었다.

'이제야 그럴듯한 사회 구성원이 되었구나.'

달리던 전철이 지하 굴 속으로 빨려 들어갔다. 창에 넥타이를 맨 내 모습이 비쳤다. 그리고 그 뒤로 이어폰을 낀 채 꾸벅꾸벅 졸고 있는 아저씨의 모습이 보였다. 저렇게 피곤하고 권태로워 보이는 아저씨가 혹시 가이드북도 제대로 없던 시절, 유라시아 육로 횡단 여행 정도는 겁 없이 했던 분은 아닐까? 어쩌면 바로 옆에서 무표정한 표정으로 스마트폰을 보고 있는 여자도 몇 년 전엔 커다란 배낭을 메고 아프리카 어딘가를 헤매고 있었을지도 몰라. 이런 상상을 하니 피식 웃음이 났다. 어느덧 눈앞에 드넓은 한강이 펼쳐졌다.

> 슈퍼 히어로들처럼 그들도 우리 사이에 이렇게 숨어 지내는 거야. 그러다가 때가 되면 굵은 뿔테를 벗고 집에서 가장 허름한 옷을 꺼내 몸집만 한 배낭을 메고 인천 공항으로 향하지. 그리고 방콕 카오산로드로 마치 지구를 지킬 것마냥 떠들썩하게 다들 모이는 거야. 결국엔 "너무 더워" 투덜대며 그늘 아래에서 낮잠만 자고 있겠지만. 어때? 그럴듯하게 들리지 않아?

다시 여행을 할 수 있을까? 아니, 다시 지난번 같은 여행을 할 수 있을까?

이제 매달 꼬박꼬박 일정한 월급이 들어온다. 그리고 언젠가는 풍족하지는 않아도 너무 부족하지도 않은 잔고가 생길 것이고 꼬깃꼬깃 숨겨둔 비상금 대신 비상용 신용카드를 어딘가에 숨겨둘 것이다.

더 이상 그 도시에서 꼭 먹어봐야 할 음식을 참고 넘어갈 일도 없으며 쥐가 나오는 싸구려 숙소 대신 몇천 원, 몇만 원을 더 주고 비교적 더 나은 숙소를 찾아 나서겠지.

그렇게 언제나 포기보단 신용카드를 떠올릴 것이다. 지난번보다 조금 더 풍요로운 지갑은 더 큰 즐거움을 가져다줄 것이다. 그러나 항상 부족했기 때문에 느낄 수 있었던 그런 즐거움은 다시 일어나지 않겠지.

지나고 보니 참 반짝거렸던 시간이구나.

그래도 지난 여행이 인생에서 가장 반짝이는 시간이 아니었으면 좋겠다. 그저 흔한 기억 중 하나가 되었으면 좋겠다.

어쩌면, 출근시간,

당신 옆에 앉아

졸고 있을지 모를

어느 회사원의 지난 여행 이야기.

욕심의 무게

일 년 동안 여행을 떠날 때도 배낭 18kg, 작은 배낭 9kg

한 달 동안 여행을 떠날 때도 배낭 18kg, 작은 배낭 9kg

어쩔 수 없나 보다. 18kg과 9kg. 합쳐서 27kg.

이것이 내 욕심의 무게.

이 욕심의 무게를 조절할 수 있는 것은 내 의지도 선택도 아닌

오로지 '배낭의 부피'와 '짊어지고 걸을 수 있는가?' 이 두 가지뿐.

"배낭만큼 솔직한 것은 없어. 네 욕심만큼 네가 짊어져야 하거든."

그림 그리면서

여행하면

어때?

"그림 그리면서 여행하면 어때?"

"좋지."

"응. 좋을 거 같긴 한데 그냥 이야기가 듣고 싶어. 어떻게 좋았는지."

"음, 그러니까 친구를 만들기가 좋았어."

"하긴 이렇게 그림 그려주면 쉽게 친해지겠다."

"응. 그런 점도 좋긴 한데, 못 친해졌을 사람들이랑 친해질 수 있다는 게 좋았지. 방금 내가 네 얼굴 안 그려줬어도 우리는 어쩌면 내일쯤 친해졌을지도 몰라. 밥을 같이 먹었을지도 아니면 시간이 우연히 맞아서 같이 외출했을지도 모르지. 그래서 너랑은 그림이 아니었어도 친해졌을 거야. 그런데 그림 아니었더라면 잠깐이라도 못 어울렸을 사람들이 있거든. 길거리 꼬마라든지 잡상인이라든지, 그냥 스쳐지나가는 사람이라든지."

"잡상인?"

"응, 인도에서 앉아서 그림을 그리고 있는데 자꾸 장사꾼들이 와서 아무도 안 살 거 같은 작은 북을 사라는 거야. 아무리 싫다고 이야기해도 다른 사람이 오고 또 오고…. 안 되겠다 싶어서 한 명을 앉혀서 얼굴을 그려줬어. 뭐 얼굴 그려주고 말 몇 마디 하면서 친해지면 이제 그만 사라고 하지 않을까 싶어서 말이야."

"주변에 있던 인도 사람들 엄청 모였겠는데?"

"맞아 맞아. 주변에 북 팔던 사람들이 다 모였어. 자기들도 그려달라고. 그래서 이야기를 했지. 짜이(인도 밀크티) 두 잔을 사오면 그려주겠다고. 그랬더니 한 녀석이 내 앞에 앉더니 그림 먼저 그려달라는 거야. 그래서 속는 셈 치고 먼저 그림을 그렸어. 당연히 도망가거나 발뺌할 줄 알았고 꼭 받을 생각도 없었으니까. 그런데 그림을 다 그리니까 진짜 나를 짜이집으로 데려가는 거야. 그리고 짜이 두 잔을 주문했지."

"오히려 인도 사람들한테 뭔가 팔았네. 난 당하고만 온 거 같은데."

"하하, 그러게 말이야. 아무튼 짜이가 나오고 나서 '한 잔은 네 잔, 한 잔은 내 잔'이라 하니 사준 친구가 웃으면서 고맙다는 거야. 양이 적어서 두 잔 사달라고 한 줄 알았다면서. 우리는 같이 짜이를 한 잔씩 나눠 마시면서 얼마나 웃으면서 이야기했는지 몰라. 제대로 말도 안 통하면서.

그러고 돌아왔는데 세상에나, 몰려 있던 애들이 그대로 있는 거야. 이번엔 자기 차례라고, 자기도 짜이 사오면 되냐면서. 그래서 난 '담배 두 개비!'라고 했지. 그랬더니 얼른 개비 담배 두 개를 사와 내 앞에 앉더라. 나는 아까처럼 받은 담배 중 하나를 다시 돌려주고 이건 네 거라 했지. 그리고 그 녀석이 담배를 문 모습을 나도 담배를 물고 그렸어.

이렇게 해가 질 때까지 같이 짜이를 나눠 마시고 담배를 나눠 피우면서 그 친구들과 시간을 보냈어. 웃고 떠들고 장난치면서."

그냥 이런 시간들이 좋았어.
그림을 그리지 않았더라면 스쳐 지나갔을 사람들과
웃고 떠들던 시간 말이야.
그래서 자꾸 그림을 그렸나 봐.
사람 얼굴을, 벽화를, 그리고 거리 풍경을.
그림을 그리고 있으면 누구든지 꼭 한 사람은 말을 걸었거든.

"이번 여행이 처음이라고요?"

"네."

"그럼 내년 이맘때도 어딘가를 헤매고 있겠네요.
그리고 내년의 내년에도."

ASIA

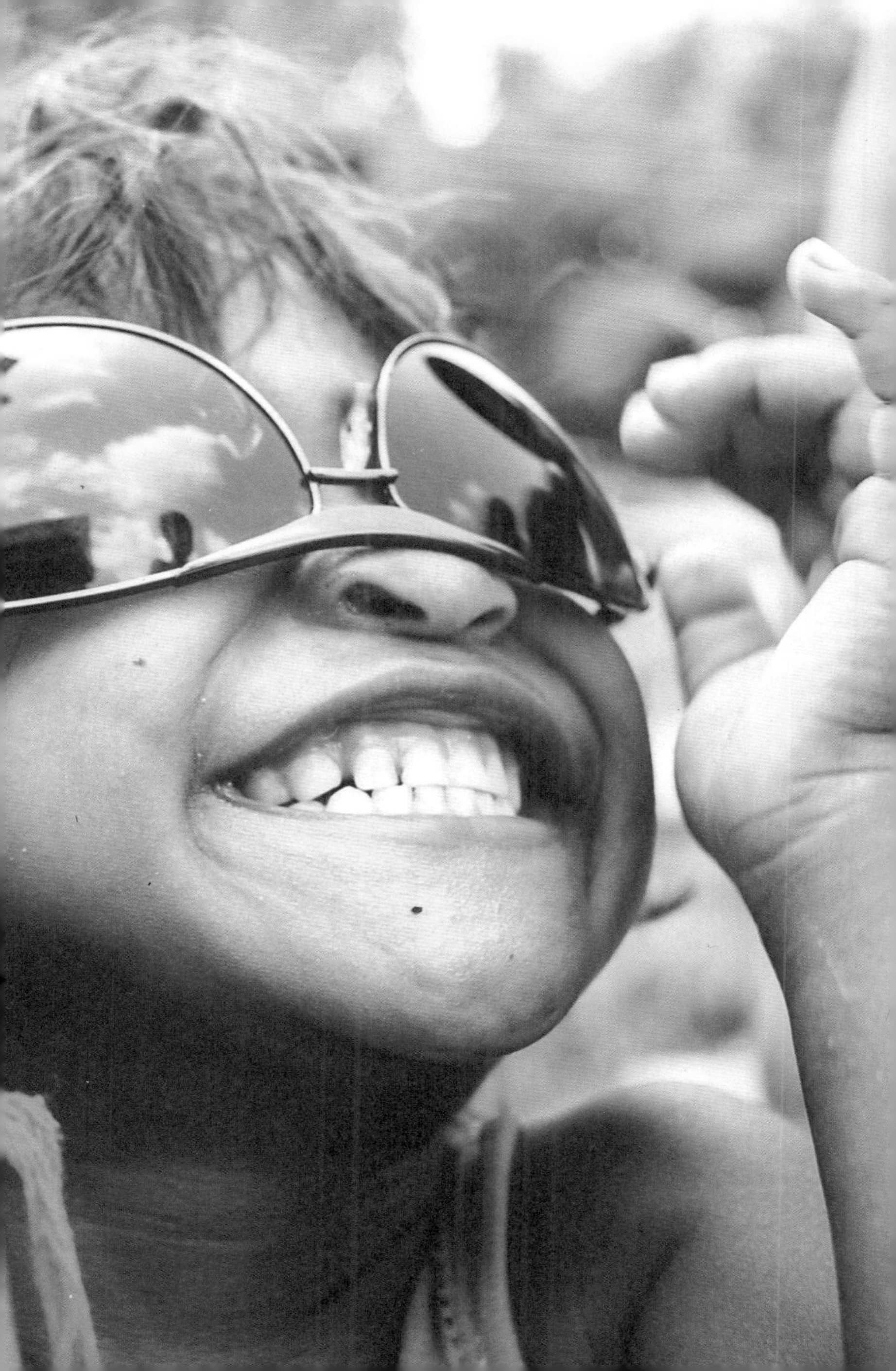

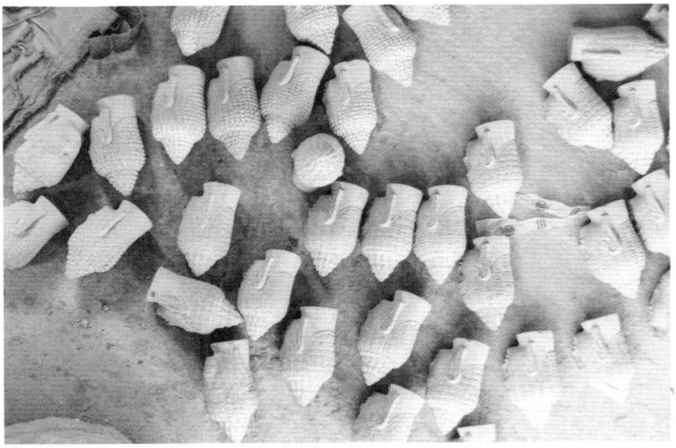

SIEM REAP, CAMBODIA

여행의 빈틈

도미토리 침대에 앉아 지도와 가이드북, 그리고 잡다한 메모들을 한껏 펼쳐놓고 다음 일정을 고민하고 있었다. 그런 모습을 지켜보던, 인도에서 긴 여행을 하고 왔다는 그녀가 말했다.

"여행계획의 80퍼센트만 맞아도 그건 불행한 여행이에요."

"네? 80퍼센트'도' 안 맞으면 불행한 여행이라고요?"

나는 되물었고 그녀가 다시 대답했다.

"아니요. 80퍼센트'만' 맞아도 그건 불행한 여행이라고요.

그러니까 너무 고민하지 말아요.

그렇게 계획한 대로 생각한 대로만 여행을 하면 얼마나 지루할까,

심심할까. 생각해온 여행 중에서 한 70퍼센트만, 아니 그보다도 덜 해보려고 해봐요.

의외의 일들이 일어날 여지를 만드는 거죠.

그럼, 그 빈틈 사이에서 재미있는 일들이 일어날 거예요.

그리고 여행이 끝나고 행복했다고 이야기하겠죠."

같은 곳을
한 번 더
여행한다는 것

같은 곳을 한 번 더 여행한다는 것은 어쩌면
생각보다 더 괜찮은 일일 수도 있다.

짜증이 났다. 이젠 앙코르 유적 여기나 저기나 모두 똑같은 돌덩어리들로 보일 정도로 지쳐버렸다. 그리고 땀에 흠뻑 젖은 셔츠, 달려드는 벌레, 뜨거운 햇살, 미지근하다 못해 뜨거워져 버린 물. 짜증을 내야 하는 이유는 셀 수 없이 많았고 계속해서 생겨났다.

그중 가장 나를 힘들게 했던 것은 가는 곳마다 달려드는 아이들이었다. 사고 싶지 않은 물건들을 끈덕지게 권하는 아이들. 웃으며 거절하다가도 계속해서 매달리는 아이들에게 지쳐버린 것이다. 결국 굳은 얼굴로 "나중에!"라고 이야기했고 아이들은 "나중엔 학교 가야 된다고요!"라고 받아쳤다. 거짓말인지 아닌지 모를 말을 하며 나를 가로막고 더 떼를 썼다. 그래도 어쩌나. 나는 툭툭(오토바이 3륜 택시)을 타고 이곳을 떠나면 그만인데.

툭툭툭, 소리를 내며 툭툭이를 타고 다시 다른 장소에 내렸다.

"미스터! 물? 팔찌? 엽서? 싸요!"

또다시 달려오는 아이들, 조금 전 떠나면 그만이란 건 착각이었구나.

"나중에!"

다시 아이들에게 건성으로 말을 던졌다.

"다들 나중에라고 말하고 절대 나중엔 돌아오지 않죠."

해가 저물어가는 시간. 이제 아이들의 영업시간도 끝날 무렵이라 그런지, 별다른 집착 없이 차가운 대답만 남기고 나로부터 멀어졌다. 후련함과 묘한 아쉬움이 밀려왔다. 그런데 그중 한 녀석이 끝까지 따라와 내 손목을 잡으며 나무를 엮어 만든 팔찌를 채워줬다.

"이건 선물!"

어차피 이것도 아이의 상술이란 생각에 도로 팔찌를 빼서 돌려주려 했지만 그 소녀는 끝까지 선물일 뿐이라고 우겼다. 그리고 나와 친구들이 앉아 쉬는 그늘 아래까지 따라와 옆에 함께 앉았다. 그녀는 쉴 새 없이 재잘댔다. 우리가 앉아 있는 곳이 왕의 목욕탕이었을지도 모를 '쓰랑쓰랑'이라는 이야기와 시원한 맥주도 살 수 있다는 말을

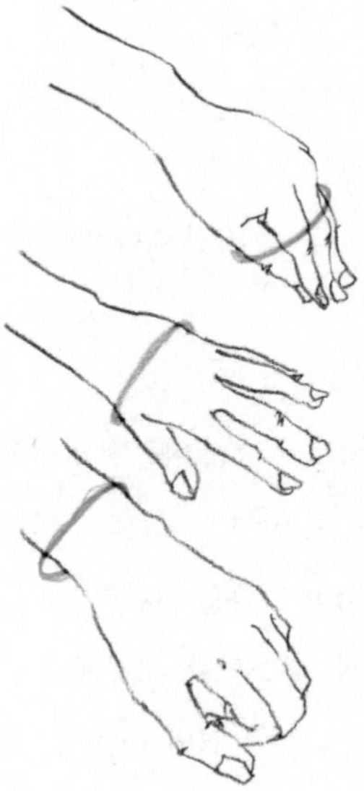

교묘히 섞어가며 우리를 설득했다. 그런 그녀의 부탁에 가까운 설득과 갈증 탓에 결국 우린 맥주 두 캔과 엽서와 얼음물을 주문했다.

아이는 가게로 뛰어가 우리가 주문한 것들을 가져다주었고 다시 우리 옆에 앉아 재잘댔다.

"너 이름이 뭐니?"

"'야'예요."

"야. 넌 여기 앙코르에서 최고야. 뭘 안 살 수가 없게 만드네."

그녀에게 엄지손가락을 세워 보이며 이야기했다.

시원한 얼음물을 마시고 나니 그동안 쌓인 짜증이 사그라들고 웃으며 말할 여유를 되찾았다. 으쓱하는 야의 모습이 이제야 귀여운 꼬마로 보였다. 그래서 카메라를 살짝 들며 야에게 물었다.

"사진 찍어도 되니?"

"물론이죠!"

야는 포즈를 취하고 셔터 소리가 나자마자 저 멀리 다른 툭툭이 멈추는 곳으로 곧장 달려갔다. 한 번 뒤돌아 "안녕!"이라고 외치곤.

우리는 그 자리에 계속 앉아 얼음물과 맥주를 마시며 지는 해를 바라보았다.

일 년 후 다시 동남아에, 그리고 앙코르와트의 도시 씨엠립으로 왔다. 이번에는 폴로셔츠와 청바지 대신 조금 헐렁한 바지에 편한 티셔츠를 입었고 툭툭 대신에 자전거를 탔다. 그리고 낡은 가이드북 사이에 지난번 찍은 야의 사진을 넣어 왔다.

여전히 이곳은 더웠고 셔츠는 젖어버렸으며 벌레들은 달려들었다. 그리고 물도 미지근해져 버린 지 오래. 대신 자전거를 타고 달리는 동안 적당히 서늘한 바람이 젖은 셔츠 사이로 들어왔고, 잠시 자전거에서 내려 목을 축이며 쉴 수 있는 나무 그늘과 여유가 있었다. 툭툭을 탈 때는 만나지 못한 풍경이었다.

앙코르 유적 매표소를 지나 조금 더 달리다 보니 어느새 앙코르와트에 도착했다. 자전거에서 내려 자물쇠를 채우기도 전에 역시나 아이들이 양손 가득 물건을 들고 달려왔다.

"미스터! 물? 팔찌? 엽서? 싸요!"

여전히 비슷한 물건과 비슷한 가격이었다. 이번엔 찡그린 얼굴로 '필요 없어'나 '나중에'라는 말 대신 가이드북 사이에서 '야'의 사진을 꺼냈다.

"너희들 혹시 이 아이 아니?"

"어! 내 친구예요!"

주위로 몰려온 아이들은 책 사이에서 나온 친구의 사진을 보고는 엽서를 사라는 말 대신 야에 대한 이야기를 쏟아냈다.

여전히 어딜 가나 아이들이 몰려왔고 그때마다 나는 야의 사진을 꺼내 물었다. 아이들은 모두 야의 학교 친구라 했다. '나중에 학교 가야 된다'는 말이 거짓말이라고만 생각했는데 정말 학교에 다니던 아이들이었구나.

내가 야를 찾고 있다는 소식은 자전거 속도보다도 빠르게 퍼졌다. 오후가 되자 사진을 꺼내기도 전에 아이들은 나를 알아보고 "너 야 찾고 있지?"라고 아는 체를 했다. 덕분에 덩달아 녀석들과 친구가 되어가는 기분이 들었다. 작년에 아이들이 달려올 때마다 귀찮은 듯 내쫓던 기억이 떠올라 아이들에게 미안해졌다.

해질 무렵, 야를 만났던 쓰랑쓰랑으로 페달을 밟아 달리는데 저 멀리 하늘에 커다란 무지개가 걸려 있다. 그러고 보니 이번 앙코르 유적은 짜증과 더위보다는 다음엔 어떤 아이들을 만날까 하는 기대감이 더 컸다. 들렀던 한 곳 한 곳을 생각할 때마다 유적의 모습보다는 아이들의 얼굴이 먼저 떠올랐다.

이런저런 생각을 하며 달리다 보니 쓰랑쓰랑에 도착했다. 그러나 너무 늦은 탓인지 관광객들은 모두 돌아갔고 물건을 사라고 달려드는 아이들도 없었다. 그저 휑한 호수를 멍하니 바라보며 아쉬운 한숨만 내뱉었다.

"너무 늦게 왔나 봐."

"아쉬워서 어떡해?"

"괜찮아. 그래도 이 사진 덕분에 하루 종일 즐거웠어."

함께 온 친구가 위로를 해주었고 나도 애써 괜찮은 척했다.

다시 자전거를 세워둔 곳으로 돌아가는데 가게를 막 정리하던 한 아주머니가 나왔다. 혹시나 하는 마음에 야의 사진을 들고 가 "이 아이를 아세요?"라고 물었다. 그녀는 반가운 목소리로 대답했다.

"내 딸인데!"

아주머니는 딸의 사진을 들고 있는 낯선 여행자를 경계하는 대신에 가게 바로 뒤편 마을로 데려갔고 야를 큰 소리로 불렀다. 곧 야가 집 안에서 나왔다. 그렇게 야를 일 년 만에 다시 만났다.

그러나 우리는 서로 생각만큼 반가워하지 못했다. 야는 나를 기억하지 못했고 그녀의 모습은 사진처럼 장난기 어린 아이가 아니라 어느새 수줍은 아가씨가 되어버린 탓이었다.

"오늘 하루 종일 나를 찾은 사람이 너구나."

그래도 내가 하루 종일 자신을 찾고 있었다는 사실을 알고 있었나 보다. 이미 지문으로 얼룩진 사진을 건네니 사진 속 장난기 어린 웃음을 흠뻑 지어준다.

"고마워. 네가 기억은 안 나지만 여기까지 다시 사진을 가져다주러 와서."

곧 온 가족이 모였고 동네 꼬마아이들도 낯선 손님을 반겨주었다. 아이들은 물건 사라는 말 대신에 우리에게 매달려 장난을 쳤다. 함께 사진을 찍고 야의 통역을 통해 어른들과도 드문드문 이야기를 나누었다. 그리고 야의 어린 동생들은 집 안에서 작은 기념품들을 들고 나와 우리 손에 쥐여주었다. 작년 야가 선물이라며 작은 나무 팔찌를 손목에 채워준 것처럼. 작은 선물이었지만 아이들이 이 기념품을 팔기 위해 얼마나 고생하는지 알고 있었기에 그 마음이 참 고마웠다.

"내일도 다시 올 거지? 내일은 저녁 먹고 가. 미리 준비해둘게. 괜

© 안상준

찮다면 여기서 자고 가도 좋아!"

야네 가족은 갑자기 찾아온 우리에게 제대로 대접하지 못한 것을 미안해하며 우리를 초대했다.

"미안해. 벌써 내일 여기를 떠나는 버스표를 사버렸어. 내년이라고는 말 못 하지만 언젠가 다시 꼭 찾아올게. 오늘 찍은 가족사진 들고. 그땐 오늘처럼 기억 못 하지 말고! 그리고 이번에 못 먹은 밥도 먹고 갈 거야."

생각지도 못한 초대에 잠시 들떴지만 나중에 다시 돌아오겠다는 말로 거절할 수밖에 없었다.

그렇게 서로 아쉬워하며 인사를 했다. 그리고 이미 어두워진 앙코르 유적을 자전거를 타고 빠져나왔다.

같은 곳을 한 번 더 여행한다는 것은 어쩌면, 생각보다 더 괜찮은 일일 수도 있다.

처음 찾아간 곳은 낯선 도시일 뿐이고 여행자는 낯선 이방인일 뿐이다. 그러나 두 번째는 조금 익숙한 길을 따라 친구를 만나러 가는 길이 된다. 그리고 그 친구에게는 잊고 있던 먼 곳의 친구가 문득 연락도 없이 찾아오는 것이고.

그래서 더 아름다운 기억이 만들어진다.

여행은 참
뚝배기 같네요

세열 형,

여행을 하면서 든 생각인데요, 어른들은 이런 말 하면 어린 놈이 별 소릴 다하네 하면서 뭐라 하겠지만, 형은 나보다 한 살밖에 더 안 많으니까 그냥 편하게 말할게요.

여행은 참 뚝배기 같네요.

그러니까요, 뚝배기를 끓이면서 간이 안 맞다고 버리고 다시 하진 않잖아요. 거기에 소금도 더 넣고 파도 더 썰어 넣고, 된장도 풀어 넣고. 그렇게 상황에 맞춰서 맛을 만들어내죠.

여행도 버스를 놓쳤다고, 사기를 당했다고 해서 이번 여행 망쳤다고 처음부터 다시 하는 게 아니라 그 상황에서 다시 재미있게 지내보려고 노력하잖아요. 버스터미널에서 옆 사람이랑 이야기도 해보고 갑자기 행선지를 바꿔보기도 하고. 그런 게 결과적으로 더 재미있는 일들로 이어지게 하고 좋은 사람들도 만나게 해주고. 그렇게 제 여행이 더 즐거워지고 완성돼가는 기분이에요. 그래서 여행이랑 뚝배기랑 닮았다는 말이죠.

그렇게 여행이랑 사람 사는 일상도 비슷하겠죠?

여행 오기 전까지는 자꾸 '새로 대학 가고 싶다, 새로 스무 살로 돌아가고 싶다. 새로 시작하고 싶다'를 입에 달고 살았는데, 이제 그냥 있는 상태에서 제 방식대로 간 잘 맞춰보렵니다.

그는 지방 작은 도시에서 나고 자랐다 했다. 대학도 그곳에서 다니다 보니 다른 이들처럼 입학과 함께 고향을 떠나는 극적인 사건도 없었다. 학교를 쉬었다 다녔다를 반복하긴 했지만 그때도 역시 그곳을 떠나지 않았다. 한날은 문득 이런 생각이 들었다고 한다. 결국 한 곳에서 졸업하고 직장을 잡고 결혼을 하고 늙어버리고 마지막조차 이곳에서 묻힐 것만 같다고. 그리고 정말 그렇게 끝나면 스스로가 너무 초라해질 것만 같다고. 그때부터 무작정 외국으로 나가야겠다고 생각했다 한다. 그래서 세계 여러 나라에서 일을 하거나 무언가를 배우며 살았고 다시 긴 시간 동안 동남아 여행을 하던 중 나를 만난 것이었다.

그 후로 한국에서 그를 몇 번 다시 만났다. 한동안 연락이 뜸하던 그가 갑자기 라오스로 떠난다고 했다. 루앙프라방에 있는 한 대학에서 교환학생으로 공부하게 됐다고. 그러던 그는 몇 달 후 다시 그 나라 대사관에서 일을 하게 되었다고 하더니 한날은 뜬금없이 쿠웨이트 대사관으로 떠난다고 연락을 해왔다. 여전히 그는 쿠웨이트에서 일을 하며 여행을 하고 그 나름의 방식으로 스스로의 인생에 양념을 더하고 있다.

20대 초반, 한 번도 고향을 떠나본 적 없던 그가 세계 곳곳에서 일과 여행을 하며 살아가는 지금의 모습을 상상이나 해봤을까. 아마 그 시절 그가 지금의 모습을 볼 수 있다면 아마도 꽤 만족스럽게 바라보고 있을 것만 같다. 그가 고향을 떠나서도 아니고 대사관이라는 그럴듯한 곳에서 일을 하고 있어서가 아니라, 그저 밍밍하다고 생각한 자신의 삶에 계속해서 조금씩 조금씩 양념을 쳐가며 그의 이야기를 만들어가고 있기에.

THAILAND

매일매일

낡은 슬리퍼를 잘못 밟아 줄이 뚝 끊어졌다.
성지순례 중이라는 한 비구니 스님이 더러운 슬리퍼를 맨손으로
아무렇지도 않게 잡아 굵은 실로 꿰매주신다.
며칠 후 그 실이 닳아 슬리퍼가 다시 끊어져버렸다.
할 수 없이 맨발로 걷다가 카센터가 보여 잠시 고정할 거라도 구해볼까 하고 들어간다. 망가진 슬리퍼를 보여주니 차를 수리하던 그도 아무렇지 않게 슬리퍼를 맨손으로 잡고 더 단단하게 고쳐준다.
"컵쿤캅! (감사합니다.)"
태국식으로 두 손 모아 고개를 숙여 인사를 했다.
매일매일 이렇게 도움을 받아가며 여행을 한다.

세 남자의 대화

남자 1 : 루앙프라방은 참 로마와 닮았어.

남자 2 : 응? 이해가 안 가.

남자 3 : 나도. 우선 종교부터 다르잖아.

남자 1 : 우선 둘 다 오래된 도시잖아. 그리고 로마도 골목만 돌아서면 교회. 여기도 골목마다 절. 그러니까 두 도시가 똑같다는 거야.

채식주의자 노점에서 오스트리아, 스위스, 한국 세 남자의 대화.

VIENTIANE, LAOS

이게
당신의
비엔티안이에요

다행히 해가 지기 전에 비엔티안에 도착했다.

오래 버스를 타고 온 피로 때문이었을까? 다음 날 늦은 아침이 돼서야 일어났고 손목에 차고 있던 팔찌들을 하나하나 풀고 샤워를 했다. 미지근한 물로 늦잠의 나른함을 흘려보내고 젖은 수건으로 대강 물기를 털어냈다. 속옷부터 순서대로 챙겨 입고 양말까지 신고 나서야 침대 위에 가지런히 놓인 실 팔찌들을 손목에 다시 묶었다. 한쪽은 입으로 물고, 다른 한쪽을 손으로 잡아당기며. 그렇게 마지막 외출 준비를 마무리한다.

너무 게으르게 하루를 시작한 탓에 버스표를 알아보고 허름한 박

물관 한 곳을 들렀을 뿐인데 어느덧 웬만한 곳들이 모두 문을 닫아버렸다. 친구가 있는 것도 아니라 딱히 할 일이 없었다. 그저 걷는 것 외에는. 귀에 이어폰을 꽂고 아무 생각 없이 걷다 보니 저 멀리 작은 탑이 보였다. 사거리에 설치된 이정표가 저곳이 '탓담'이라 말해주었다.

겉보기엔 별다른 감흥 없는 그저 오래된 탑이었다. 그래도 다른 곳을 찾아 더 걷기엔 지쳐버려 거리 한쪽에 가방을 내려놓고 스케치북을 열었다. 탑 꼭대기부터 시작해서 조금씩 그림을 그려나갔다. 삼 분의 일 정도나 그렸을까, 빗방울이 한두 방울씩 떨어졌다. 비가 잘 내리지 않는 계절이라 금방 그치려니 했지만 빗방울은 점점 더 거세졌다. 적당히 비를 피할 곳을 찾아 둘러보니 아직 열지 않은 레스토랑이 눈에 띄었다. 얼른 뛰어가 문 아래에서 잠시 비를 피했지만 비는 더 거세졌고, 이곳도 비를 피하기엔 역부족이라 허락 없이 레스토랑 마당을 가로질러 처마 밑까지 들어가 비를 피했다.

떨어지는 비를 하염없이 쳐다보다가 레스토랑 안쪽을 살짝 들여다보니 아무도 없을 거라 생각한 레스토랑에서 한 웨이트리스가 와인잔을 정리하며 오픈 준비를 하고 있었다. 하얀 블라우스와 라오스 치마를 입은 그녀의 모습이 빗소리와 어우러져 묘한 이국적 분위기를 자아냈다. 그렇게 그녀를 멍하게 쳐다보다가, 눈이 마주쳐버렸다.

나는 급하게 눈을 피했다가 다시 머쓱한 웃음을 지으며 가볍게 인사를 했다. 그녀는 비에 젖어가는 외국인이 애처로웠는지 살짝 웃으며 들어오라고 손짓했다.

그동안 본 적 없던 라오스의 고급스러운 레스토랑에 주눅이 들었다. 역시나 커피 한 잔 값도 쉽게 지갑을 열지 못하는 가격이었다. 메뉴를 너무 오래 쳐다보고 있으니, 그녀는 "그냥 비 그칠 때까지 쉬었다 가도 좋아요"라고 말해주었다.

그녀도 손님이 없는 시간에 찾아온 낯선 외국인이 귀찮지만은 않았는지 따뜻한 물을 가져다주며 띄엄띄엄 짧은 영어로 말을 걸어왔고, 우리는 단어로 그림으로 이야기를 나눴다. 조금 편안한 마음에 메뉴를 다시 둘러보니 다행히 비싸지 않은 커피가 보여 그녀에게 주문을 했다. 그녀는 곧 따뜻하게 내린 커피를 가져다주었다. 그 커피를 한 모금 마시고 나서야 얼었던 몸이 녹기 시작했다.

여전히 비는 쏟아졌고 그녀는 나 때문에 잠시 멈춘 오픈 준비를 했다. 다시 혼자가 된 나는 스케치북을 열어 조금 전 그리던 탓담 대신에 레스토랑을 그리기 시작했다.

그림을 완성할 즈음 비는 멎어 있었고 사위는 어두워져 있었다. 레스토랑에 손님이 가득 차 더 이상 테이블을 차지하고 있을 수는 없었다. 그녀는 주섬주섬 짐을 정리하는 내게 다가와 말을 걸었다.

"이제 가는 거예요?"

"네, 비가 그쳤으니 돌아가야죠. 그런데 이름이 뭐예요?"

"A예요."

그녀는 짧게 이름을 대답하며 '잠시만' 하는 손짓을 하고는 새로 들어온 손님에게 자리를 안내하러 갔다. 조금 전 그린 그림 한 귀퉁

이에 '오늘 친절을 베풀어줘서 고마웠어요. A.'라고 짧게 인사를 쓰고 테이블에 두고 일어났다. 바쁜 그녀를 방해하고 싶지 않아 멀리서 가볍게 인사하고 나가려 했지만 그녀는 급하게 입구까지 따라 나와 인사했다.

"안녕. 내일 다시 봐요."

하지만 하필 그날 밤부터 심한 열과 배탈이 나 내일 다시 들르겠다는 약속은 지키지 못했다. 하루 종일 앓다가 그다음 날 아침이 돼서야 몸을 추스를 수 있었다. 라오스를 떠나는 버스표를 끊고 인사를 하러 A가 있던 레스토랑으로 갔다. 몇 시부터 일을 시작하는지, 오늘도 일을 나오는지, 아무것도 몰랐지만.

다행히 레스토랑에 들어섰을 때 마당을 정리하던 A는 멀리서 나를 알아보고 이름을 크게 불렀다.

테이블 대신 바에 걸터앉아 다시 제일 싼 커피를 시켰다. 그리고 점심시간과 저녁시간, 그 애매하고 여유로운 시간 동안 그녀와 대화를 나눴다. 서로 대화는 수월하지 않았지만 그래도 어렵지만은 않았다.

"내일 비엔티안을 떠나요."

여행 이야기를 하다 언제까지 이곳에 머무느냐는 물음에 대답했다. 왜 이렇게 짧게 있다 가냐며 아쉬워했다.

커피를 다 마시고 자리에서 일어나는데 A는 지난번처럼 배웅해주다가 내게 물었다.

"첫날부터 궁금했던 건데 이 팔찌들은 뭐예요?"

"아, 이거요? 이번 여행을 하면서 도시마다 팔찌를 하나씩 사서 묶고 있어요. 그리고 한 번씩 풀고 다시 묶을 때마다 그 도시에서 지낸 시간과 사람들을 떠올리죠."

나는 팔찌 하나씩을 가리키며 그것들을 산 도시 이름을 말했다.

"비엔티안은 어떤 건데요?"

"아쉽지만 비엔티안은 없어요. 팔찌 파는 곳을 못 찾았거든요."

나는 조금 미안한 표정을 지으며 대답했다.

"그러면 다른 곳을 기억할 때 비엔티안만 빼놓고 기억하겠네요. 그건 안 돼요."

그녀는 잠시 기다리라고 손짓하더니 살짝 젖은 자신의 하얀 실 팔찌를 풀러 내 손목에 묶어주었다. 그리고 웃으며 말했다.

"이제 이게 당신의 비엔티안이에요. 한국 돌아갈 때까지 건강하길. 안녕."

VIENTIANE, LAOS

시간을 많이 버는 아빠

빈 방을 찾지 못해 헤매고 있을 때, 여행 중이라던 한 가족이 자신들의 방으로 초대해주었다. 그리고 방 안의 침대 네 개 중 하나를 내게 내어주었고 가족의 아버지는 맨바닥에 침낭을 깔았다.

각자의 짐을 대강 풀고 아주머니와 아저씨와 함께 늦은 저녁을 먹으러 나왔다. 아저씨는 비어라오를 크게 한 잔 들이켜면서 이야기했다.

"돈이 많은 아빠는 대체로 시간이 없고

시간이 많은 아빠는 보통 돈이 없지요."

그리고 이어 말했다.

"저는 시간을 많이 버는 아빠라 이렇게 함께 여행을 하는 중이죠!"

사람 사는 모습

"참 다양하네. 사람들 사는 모습."

국경을 넘는 보트 위에서 또래의 한 남자가 이야기했다.

"어디든, 사람 사는 거 다 똑같더라."

꽤나 주름살이 깊은 아저씨가

담뱃갑 속의 마지막 담배를 꺼내 물면서 이야기했다.

VIENTIANE, LAOS

비엔티안의
아침식당

즐거웠던 순간에 만났던 사람들보다
아프고 힘든 시간에 옆에 있던 사람이
더 아련하게 기억에 남듯
문득문득 떠오르는 식당은
기쁜 날의 즐거운 식당보다
아픈 날 겨우 다른 사람 손에 이끌려
억지로 찾아간 곳이다.
비엔티안에서
심한 배탈에 쓰러져

우연히 찾아간 죽집,

힘없는 눈빛에,

아픈 배를 움켜쥐니,

주인 아저씨는 알아서

고기를 빼주고

배탈에 좋다며 생강즙 한 숟가락을 넣어준다.

그래서

그 주인 아저씨가, 그리고 그 식당이 고마웠다.

아무 장식도 없는 평범한 곳이었지만

특별하게 맛있었던 죽도 아니었지만

그 걱정스러운 눈빛과 함께

손으로 자신의 배를 문지르고

다시 엄지손가락을 추켜세우고 나서

죽에 넣어준 생강즙 한 숟가락 때문에.

그저 고마웠다.

일 년 후 다시 반가운 마음에 그곳에 찾아갔지만

역시 아저씨는 나를 기억하지 못했다.

나는 애써 나를 설명하려 하지 않고

그저 죽 한 그릇 비우고 나오며 오늘도 맛있었다는 말만

손짓으로 하고 나온다.

오빠,
아저씨

"마셔봐요."

"꽁짜로?"

"응. 그냥."

키가 크고 머리를 이상하게 딴 외국인이 신기하게 쳐다보고 있으니 우스웠나 보다. 교복을 입고 사탕수수 주스를 팔던 소녀는 그냥 한 잔 마셔보라고 준다. 더운 날씨에 시원한 달콤함이 입안에 가득 찼다. 너무 맛있어 한 번에 삼켜버리고 컵을 내려놓으며 말했다.

"한 잔 더!"

주문을 하고 작은 플라스틱 의자에 앉아 기다리니 그 학생이 주스를 가져다주며 인사했다.

"안녕하세요!"

'곤니찌와'보다 먼저 들은, 게다가 정확한 발음의 '안녕하세요'라니!

들뜬 마음에 능글맞은 장난을 쳐본다.

"내 이름은 '오빠'야."

그러자 그녀는 일말의 망설임 없이 잔뜩 찌푸린 표정으로 되받아쳤다.

"No, No! 아저씨! 아저씨!"

미얀마에 처음 온 날부터 굉장한 일이 일어났다.

몇 주 후 미얀마의 한 작은 마을에서 한가롭게 아침 산책을 나간 날이었다. 게스트하우스로 돌아오던 때가 마침 건너편 보습 학원이 끝나는 시간이었나 보다. 아이들이 우르르 뛰어나오며 나를 힐끗힐끗 쳐다보길래 "안녕!"이라 소리치며 인사하자 수십 명의 소녀들이 외쳤다.

"오빠! 싸랑해요!"

우리나라에서 가장 아름다운 두 단어는,

분명

'오빠'와 '사랑해요'다.

YANGON, MYANMAR

사진을
찍어준 사람이
되고 싶었다

사진을 찍어 간 사람이 아니라 사진을 찍어준 사람이 되고 싶었다. 사진을 찍고 대부분은 자신이 찍힌 LCD를 보고 웃고 말지만 가끔씩 두 손을 내미는 사람들이 있다. 차라리 약간의 돈을 요구하면 그저 건네주고 마음은 편한데, 사진을 달라고 하면 카메라에서 사진이 나오지 않는다는 것을 어렵게 손짓으로 설명하면서 미안한 마음이 무겁게 차오른다. 그래서 많은 관광객들처럼 사진을 찍고 가버린 사람이 아니라 사진을 찍어준 사람이 되고 싶었다.

그런 이유로 매번 여행 때마다 가방에 몇 개의 렌즈와 커다란 사진기 옆에 폴라로이드 카메라(정확히는 후지 인스탁스 미니 카메라)

를, 나중엔 작은 휴대용 사진 인화기를 들고 다니게 되었다.

물론 사진을 찍을 때마다 뽑아 건네주는 좋은 여행자는 아니었다. 필름이 충분하지 않다는 핑계를 댔지만 사실은 사진을 찍어서 선물하는 게 상대를 위한 것이라기보다 단지 내 마음 편하고자 하는 일이라는 생각이 들 때도 많았기 때문이다.

어찌 되었든, 모든 사람에게 사진을 뽑아줄 수 없으니 '이런 사람에게, 저런 사람에게 사진을 선물하자' 같은 규칙을 세웠다가 바꾸기를 반복했다. 그러면서 마지막까지 남은 나름의 규칙은, 사진을 뽑아주는 건 전체에게 줄 수 있을 때가 아니면 아예 하지 말자, 였다. 아이들이 우르르 몰려왔을 때 한두 아이에게만 사진을 건네면 나머지 아이들의 부러운 눈빛을 감당해낼 수 없기 때문이다.

양곤의 거리를 걷다가 배가 고파 노점에 앉아 오백 원짜리 국수를 먹고 멍하니 벽에 기대고 있으니, 담장 너머로 병아리 소리 같은 아이들 노랫소리가 들렸다.

호기심에 까치발을 들어 담장을 넘겨보니 아이들이 교실에서 노래를 부르고 있었다. 한 아이와 눈이 마주쳤다. 괜한 장난기에 이상한 몸짓과 표정을 지으니 아이가 키득키득 웃고 그 웃음소리에 그 아이의 짝꿍 그리고 다시 그 옆의 아이들까지 나를 쳐다봤다. 우린 서로 술래 없는 숨바꼭질을 했다. 그러다 산만한 아이들의 시선을 따라 고개를 돌린 선생님과 눈이 마주쳤고, 나는 멋쩍게 미안하다는 손짓을 했다. 그러나 선생님은 화를 내기보단 한번 들어오라는 손짓을 했다.

미안한 마음과 설레는 마음을 함께 안고 교문을 지나 교실로 들어갔다. 약간은 어두운 교실에 하얀 교복을 입은 아이들이 천사처럼 재잘재잘 춤추며 노래를 부르고 있었다. 방해가 될까 재차 괜찮은지 여쭤보고 아이들과 사진 놀이를 시작했다.

커다란 사진기 앞에 선 아이들은 살짝 긴장했지만 찰칵 셔터 소리가 나자마자 숨겼던 미소를 환하게 지었다. 그리고 쪼르르 달려와 작은 LCD로 사진을 확인하고 깔깔대고 웃었다.

그렇게 아이들과 선생님과 사진 놀이를 하고 있는데 한 선생님이 들어오더니 교장 선생님이 위로 올라오라고 했다는 말을 전했다. 그동안 너무 많은 여행 이야기를 들었기에 순간 '이렇게 학교에 구경 오는 사람들에게 기부금을 내라고 하는가 보다'라는 생각이 스쳐 지나갔다. 걱정스레 얇은 지갑을 매만지며 계단을 올랐다.

앞장선 선생님이 나를 데리고 간 곳은 다행히도 답답한 교장실이 아니라 한 교실이었다.

음악 소리가 새어 나오는 문을 여니 무대 위에서 춤을 추고 노래를 부르는 꼬마 신사 숙녀들! 그리고 그 아이들을 흐뭇하게 바라보는 어머니들과 선생님들!

그래, 오늘은 학예회 날이었구나. 그래서 아래층 아이들이 그렇게 열심히 연습하고 있던 거구나. 그제서야 얇은 지갑에서 손을 뗄 수가 있었다. 한가운데 플라스틱 의자에 앉아 있던 한 선생님이 내게 악수를 청하고 의자 하나를 내어준다. 그렇게 선생님들 사이에서 아이들

공연을 바라보다가 양해를 구하고 슬며시 나와 다른 아이들과 어울려 놀았다.

곱게 타나카를 바른 아이, 엄마 화장품 빌려 예쁘게 화장한 아이, 머리에 힘 좀 준 아이! 아이들 한 명 한 명 안 예쁜 아이들이 없었다. 그중 한 꼬마가 유독 너무 귀엽고 예뻐서 결국 가방 속에서 폴라로이드 카메라를 꺼냈다. 하지만 이건 커다란 실수였다.

사진을 몰래 찍어주고 "쉿!" 소리를 내며 아이에게 "비밀이야"라고 이야기했지만 나를 관찰하던 수많은 아이들의 눈을 피하지 못했고, 할머니가 손녀 손을 잡고 한 장만, 아주머니가 딸과 함께 한 장만 찍어달라고 부탁을 했다. 그리고 그 부탁을 거절할 수 없어 그날 가방에 있던 필름을 모두 써버리고 말았다. 결국, 엄마 손을 잡고 있지 않았던 아이들이 사진을 받은 아이들을 부럽게 쳐다보게 만들어버렸다.

편애가 가득했던 국민학교 저학년 교실에서 나는 그다지 예쁨을 받는 아이가 아니었기에 매일 누군가를 부럽게 쳐다보았다. 그래서 빈손의 아이들이 사진을 쥔 아이들을 바라보는 눈빛이 무엇인지 알았다. 그저 다가가 미안하다는 말밖에 할 수 없었다.

그래도 이미 돌이킬 수 없는 일.

결국 누군가에게 느끼지 않아도 될 아쉬움을 안겨주었다는 미안함만 남았지만, 학예회 때 사진 한 장 찍지 못했을 할머니와 엄마 그리고 아이들에게 오래 기억할 수 있는 추억을 만들어주었다는 생각을 하며 애써 스스로를 위안했다.

미얀마의 풍경

미얀마에서 가장 놀랐던 풍경은
남자들이 치마를 입고 다니는 것도,
여자들이 진흙 같은 타나카를 얼굴에 바르고 다니는 것도,
군인과 경찰들이 삼엄하게 버스를 검문하는 모습도 아니었죠.
우연히 한 캐나다 할머니를 따라 배를 타고 들어간 학교에서 본
수업을 듣는 아이들,
"영어를 말할 상대가 필요해요"라며 나를 데리고 갔던
외국어 교습소의 젊은 청년들,
해가 뜨기도 전에 학원에서 공부를 하고 있던 아이들.
그리고 트럭에서, 버스에서, 찻집에서 만난
여러 선생님들의 교육에 대한 열정.
그런 모습이었어요.

유난히
빛나는 사람이
있지요

"여기서 가만히 여행자들을 지켜보고 있으면 유난히 빛나는 사람이 있지요. 예뻐서 빛난다는 게 아니라 사람을 끌어당기는 빛이요. 여기 사람들 서로 말도 잘 안 하고 서먹서먹하게 지내고 있다가 그런 친구 하나가 들어오면 다들 그 아이에게 말을 걸어요. 그리고 조금 전까지 서로 어색해하던 사람들이 대화를 시작해요. 그렇게 게스트하우스 분위기가 갑자기 확 바뀌죠. 아마 그 친구 때문에 분위기가 달라진 걸 다들 모를 거예요. 당사자조차도. 그런데 난 한 발짝 떨어져 보니까 그게 보이더라고요. 그래서 그 사람이 참 빛나 보여요."

방콕에 머무를 때 게스트하우스를 운영하는 차이 형님이 말했다.

그래, 나도 그런 사람을 만난 적이 있었다. 향기가 나는 사람. 화장품에서 나는 향기도, 은은한 샴푸 냄새도 아닌 말 몇 마디를 나눈 것만으로도 자신의 좋은 향기를 다른 사람에게 전해주는 사람.

하루하루 의무감과 권태로 미얀마를 여행하고 있었다. 비슷비슷한 풍경과 사람들. 너무 많은 기대를 안고 온 곳이면 늘 이런 식이다. 그날도 역시 별다른 의욕도 계획도 없이 느지막하게 일어나 빵 몇 조각으로 아침을 때웠다. 그리고 옥탑방으로 돌아와 싸구려 담배를 들고 나와 반대편 옥상을 바라보며 뻐끔뻐끔 연기를 내뱉었다. 그때 옥상을 가로질러 가던 동양인 여자와 눈이 마주쳤다.

"Hello."

무미건조한 인사를 하며 "Korean? Japanese?" 하고 물으니 한국 사람이란다. 그리고 내 옆으로 와 색이 바랜 플라스틱 의자에 앉는다. 그동안의 답답함과 권태와 지루함을 이야기하고 싶었다. 그리고 그녀도 맞장구쳐주길 바라는 마음으로 막 입을 열려고 하는 순간 그녀가 말했다.

"이 방 너무 좋지 않아요? 전망 너무 좋아요. 방이 없어서 여기 옥탑방으로 올라온 건데 정말 운이 좋은 거 같아요! 그리고 이곳 사람들 너무 좋아요! 양곤에서 버스 타고 왔죠? 그럼 미얀마 드라마도 봤겠네요? 어떤 가수 뮤직비디오가 나와서 밤새 오면서 봤는데, 완전 빠져버렸다니까요! 이름도 적어놨어요. 꼭 CD 사 들고 가려고요! 아, 그리고 타나카 바른 아이들이 웃는 게 어찌나 예쁘던지!"

처음 배낭여행을 왔다는 그녀는 대답할 시간도 주지 않고 웃는 얼굴로 며칠 동안 있었던 일들을 쏟아냈다.

나는 방에 올라올 때마다 꽉대기까지 올라오는 것이 귀찮았고 삭막한 도시 풍경이 마음에 들지 않았고 버스에서 귀마개로도 막을 수 없을 정도로 크게 틀어놓은 TV 소리가 싫었다고 말하고 싶었는데 결국 한마디 불평도 하지 못했다.

대신, 옥상에 놓인 화분에 피어 있는 꽃송이가 보였다. 오늘따라 멀리까지 보이는 도시의 풍경이 눈 안에 가득 찼다. 그리고 다음에 버스를 타면 이어폰을 꽂는 대신 버스에 달린 TV를 봐볼까 생각했다.

그리고 며칠 후 띠보로 가는 버스에선 다섯 시간 동안 쉬지 않고 미얀마의 시트콤을 보면서 미얀마 사람들과 함께 깔깔댔다.

이렇게 그녀 덕분에 그날 이후의 미얀마 여행이 달라졌다.

어떤 사람의 좋은 향기가 전해진다는 것이 이런 느낌인가 보구나.

이 향기 소중히 품었다가 언젠가 다른 여행자에게 다시 잘 전해줘야겠구나.

MANDALAY, MYANMAR

미얀마 기차

기차를 타진 않았지만 기차역에 다녀왔다. 어두침침한 공간, 여럿이 모여 흘끔흘끔 쳐다보는 사람들. 괜한 긴장감에 뒷주머니의 지갑을 앞주머니로 옮기고 카메라를 다시 고쳐 잡았다.

무표정한 얼굴들이라 사진을 찍으면 혼날 것 같았는데, 막상 인사를 건네고 사진을 부탁하니 다들 웃는 얼굴로 반겼다. 무심한 시선은 단지 지루함에 지친 탓이었나 보다.

플랫폼 한쪽에 앉아 오랜 기다림에 지쳐 있던 한 무리의 젊은 아가씨들에게 역사 안을 어슬렁거리는 외국인은 심심풀이로 제격이었을 것이다. 그중 한 명이 나를 붙잡고 깔깔대며 얘 찍어봐라 쟤 찍어봐라 주인마냥 시켜대더니, 정작 그녀를 찍으려고 하자 부끄럽다며 얼굴을 친구 등 뒤로 숨긴다. 그녀들 옆에 잠시 앉아 아는 미얀마어 몇 마디 건네며 어울리다 자리에서 일어날 무렵, 나를 시켜대던 아가씨가 검은 때 가득한 손으로 자기들끼리 나눠 먹던 지띠(대추) 한 주먹을 내 손에 쥐여주고는 다시 휙 돌아선다.

'제발 여행할 때 아무나 주는 것 좀 받아먹지 말아요. 탈 나요.'

학교를 같이 다니는 동생이 언젠가 했던 말이 문득 생각나서 웃음이 나왔다. 그리고 같은 말을 하셨던 어머니도 떠올리면서 지띠를 우걱우걱 씹어 먹었다. 약간의 짠 내와 새콤달콤한 맛이 그럭저럭 괜찮았다.

"미얀마 친구들을 만나고 싶으면 기차를 타봐. 그럼 진짜 미얀마가 보일 거야."

이 말을 너무 늦게 들어 기차를 한 번도 타지 않았다. 단순하게 시간과 가격만 생각한 탓이다. 기차를 타진 못했지만 이렇게 역이라도 둘러봤으니 다행이다.

누군가 부부의 한 달 여행은
일 년을 함께 산 것과 마찬가지라고 하더라.
다툼과 화해가 그만큼 많기에.
그리고 함께하는 시간이 그만큼 길기 때문에.

차 한 잔

게스트하우스에서 자전거를 빌리기로 했다. '미스터 바이크'라고 소개한 그가 자전거를 내주며 자신이 직접 그렸다는 지도도 함께 건네주었다.

어디를 딱히 찾아가려는 계획은 없었다. 그래서 지도에 나온 몇몇 장소들을 살펴보니 왠지 대나무 불상이라는 곳이 중요하다는 듯이 표시되어 있었다. 축척이 표시돼 있지 않은 지도라 얼마나 먼 길인지는 알 수 없었다. 제대로 도착할 자신도 없었다. 그래서 꼭 거기까지 가진 못하더라도 그곳을 향해 가는 길을 구경하기로 하고 페달을 밟았다.

걱정과는 다르게 게스트하우스에서 자전거와 함께 빌려주는 어설퍼 보이는 지도는 언제나 갈림길에서 방향을 알아보는 데 충분했고, 길을 잃어버린 듯한 기분이 들 때 즈음엔 지도에 표시된 적당한 이정표가 나왔다. 그렇게 어렵지 않게 자전거를 타며 학교에서 뛰어노는 아이들을 바라보고 동네 청년들을 만나고 초등학교 담장 밖에서 쉬는 시간을 기다리는 아이스크림 노점 아저씨에게 아이스크림을 샀다.

한 식당에서 점심을 먹고 다시 자전거를 타고 달렸다. 점점 뜨거워지는 태양 아래에서 지쳤다가 쉬었다가 일어나기를 반복하며 간신히 대나무 불상이 있다는 그곳에 도착했다. 어린 동자승들에게 인사를 하고 대나무 불상을 보러 왔다 하니 나이가 지긋하신 한 스님이 안내를 해주셨다. 그러나 정성 어린 설명에도 대나무 불상은 사실 나에게 별 감흥을 주지 못했다. 괜찮다. 어차피 이곳이 아니라 이곳까지 오는 '길'이 목적이었으니. 설명을 마친 스님이 나에게 조심스레 물어보셨다.

"시간이 되면 컴퓨터를 좀 알려주고 가도 될까요? 얼마 전 노트북이랑 MP3 플레이어를 샀는데 사용법을 모르겠어요."

초대 아닌 초대를 받아 스님 방 안으로 들어갔다. 그리고 책상 위에 놓인 오래된 일본산 노트북. 그 안엔 알 수 없는 잡다한 프로그램들이 깔려 있었다. 스님은 CD와 중국산 MP3 플레이어를 들고 오시더니 이 CD를 MP3 플레이어에 넣는 법을 알려달라 하셨다.

몇 번의 실패 끝에, 간신히 변환법을 찾아내 스님께 세 번 네 번 차

근차근 반복해서 알려드렸다. 마치, 아버지께 컴퓨터를 알려드릴 때처럼. 스님도 아버지처럼 다음 번 당신 혼자 하실 때 순서를 잊지 않기 위해 또박또박 버튼 누르는 순서를 적어놓으셨다.

두 시간 동안의 컴퓨터 수업이 끝나고 수강료는 직접 만들어주신 따뜻한 밀크티 한 잔.

매일 몇 잔씩 마시던 밀크티인데도 그 맛이 참 깊고 달았다.

오늘은 대나무 불상이 아니라 스님을 만나 이 차를 마시러 이곳까지 온 거구나.

HSIPAW, MYANMAR

완벽한
여행지의
조건

띠보를 떠나는 날, 아직 해가 뜨기 전 어두운 새벽, 짐을 들고 1층 리셉션으로 내려왔다. 그리고 픽업트럭을 기다리는 동안 자리에 앉아 졸고 있는데 게스트하우스 종업원이 비닐봉지를 건넨다.

매일 아침 차려주던 그대로 빵 몇 조각과 커피믹스 그리고 스크램블 에그 대신에 삶은 달걀. 꽤나 공기가 찬 시간이라 달걀을 손에 쥐고 몸을 움츠렸다. 달걀만큼이나 떠나는 여행자에게 아침을 건네주는 배려가 따뜻했다.

무엇이 '완벽한 여행지를 만들까?' 하고 생각해본다.

- 함께 여행하는 친구.

- 게스트하우스와 그곳의 사람들.

- 그 도시 풍경과 사람들.

- 그리고 입맛에 맞는 음식. (그리고 누군가에겐 맛있는 맥주도.)

뭐 이 정도면 충분하지 않을까?

그래서 이곳이 이토록 좋았구나.

우연히, 단지 하룻밤 거쳐 가려 했던 작은 곳. 그러나 나를 오래도록 붙잡은 곳. 이곳에서 만난 여행 친구가 좋았고 방에 쏟아지는 햇살과 이곳에서 일하는 모든 이들이 포근했다. 그리고 띠보의 풍경은 감탄하기에 충분했고 동네 사람들은 즐거웠다. 맛있는 국수는 양이 조금 적었지만 그마저도 "예쁘세요" 한마디면 한 그릇 정도는 더 말아주니 문제될 게 없었다.

그렇게 이곳은 나의 완벽한 여행지.

하지만 다시 찾아가면 그때 그 친구들이, 그 사람들이 없겠지.

어쩌면 마을 풍경이 달라져 있을지도 몰라.

그래서 다시 찾아가긴 조금은 자신 없는 그곳.

기억 속으로만 완벽한 여행지로 남겨두고 싶은 그곳.

길 잃은
그곳에서

새벽, 냥쉐에 도착했다.

다음 날 같이 방을 쓴 요하네스와 자전거를 타고 달리다가 길을 잃었다.

배가 고파 만나는 사람마다 "샨카욱쉐~ 샨카욱쉐~(샨 국수)" 하고 물어봤지만 고개만 도리도리 흔드는 대답, 혹은 막연히 허공을 가리키는 답뿐이었다. 할 수 없이 계속해서 길을 따라 달리는데, 모여 앉아 차를 마시는 할머니들을 만났다. "바이싸데~ 샨카욱쉐?(배고파요~ 샨 국수?)"라고 물으니 일단 들어와 앉으라고 손짓하신다.

굽은 등으로 한 접시 한 접시 내오시더니 어느덧 진수성찬. 오랜만에 고기반찬 실컷 먹어본다. 여느 할머니들처럼 계속 계속 더 먹으라고 손수 밥을 덜어주시고, 주는 대로 받아먹던 나는 결국 “바비롸비, 바비롸비!(배불러요!)”라고 외치고서야 숟가락을 내려놓을 수 있었다.

한국에서 왔다고 하니 할머니들도 우리나라 드라마 때문인지 나를 쳐다보시며 ‘예쁘다 예쁘다’ 해주시며 요하네스 보고도 한국에서 왔냐고 물어보신다. 독일에서 왔다 이야기해도, 할머니들은 멀뚱멀뚱 ‘독일이 어디니?’ 하는 눈빛일 뿐.

길 잃은 그곳에서, 오랜만에 따뜻한 할머니들의 정을 듬뿍 느낀다. 밥을 다 먹고 따뜻한 차를 얻어 마시고 있을 무렵 뒤늦게 나타난 동네 아가씨들은 멀리서만 호기심 어린 눈빛으로 바라볼 뿐, 눈이라도 마주치면 획 고개 돌리기에 바쁘다.

나중에 한 할머니의 영어를 할 수 있는 아들이 와서야 제대로 된 이야기를 나눌 수 있었고 일어날 즈음 감사한 마음에 밥값이라며 작은 지폐 몇 장 건네려 해도 할머니들도, 아들분도 우리가 손님에게 대접한 거라고, 걱정 말라고, 맛있게 먹었으면 됐다고 사양하시며 큰길까지 배웅해주신다.

가끔씩 이렇게 길을 잃어서 참 다행이다.

INLE LAKE, MYANMAR

여행 화가를 만난 날

인레 호수 위 한 카페에서 커피를 마셨다. 느릿느릿하게 배에서 홀로 내린 한 할아버지가 함께 앉아도 괜찮은지 물으시며 자리에 앉았다. 프랑스에서 혼자 여행을 떠나왔다는 할아버지는 사진을 찍는 대신에 수채화로 여행을 기록한다고 했다.

주문한 커피가 나왔고 그는 커피를 한 모금 마시고 나서 수채화 종이가 묶인 두툼한 스케치북을 펼쳐 보였다. 그 안에는 미얀마가 있었고, 태국의 목이 긴 카렌족 아가씨가 있었고, 캄보디아의 얼굴들이 있었다. 그는 누구보다도 이 그림 속 풍경들, 사람들을 오래 바라보았을 것이고 떠올렸을 것이다. 차라리 카메라를 들고 다니지 않는 그

할아버지가 부러웠지만 차마 카메라를 포기할 용기는 없었다.

부끄러워하며 내 스케치북을 보여드리니, 할아버지가 자신의 스케치북 한쪽을 내어주셨다.

"할아버지 스케치북을 망칠 것 같아요"라고 걱정하니 부드럽게 웃으며 대답하셨다.

"내게 분명 좋은 기억이 될 거요. 부담 없이 그려봐요."

아름다운 그림으로 가득 찬 스케치북에 누가 되지 않을까 조심스러워하며 선을 하나하나 그었다.

조금 더, 그림을 잘, 그리고 많이 그리고 싶던 날.

한때는 다른 여행자의 이야기를 지나치게 갈구했었다.
그리고 그들처럼,
빨리 익숙해지고 싶었고 그럴듯해 보이고 싶었고
여권의 입국 도장이 가득하길 바랐었다.
그런데, 지나고 보니, 첫 여행은 첫사랑이었더라.
미숙하고 실수뿐이었던 시간. 그래서 더 아름다운.
그러나 그땐 그걸 알지 못한 딱 한 번의 소중한 기억.

'오늘 저녁은 뭘 먹을까?' 라는 고민이

하루 중 가장 커다란 고민이란 건

생각보다 행복한 일이었다.

INDIA
AUSTRALIA

FRANKSTON, AUSTRALIA

여행하듯 살며
돈을 벌고 싶었다

여행을 다시 하기 위해 돈이 필요했고 이왕이면 여행하듯 살며 돈을 벌고 싶었다. 그리고 비행기를 타고 한국만 떠나 있으면 '여행하듯' 살 수 있을 것만 같았다. 그래서 결론은 호주였다.

서둘러 워킹홀리데이 비자를 발급받고 호주로 떠났다. 호주에서 가장 오래 일한 곳은 작은 마을에 위치한 일식당 '메구미 레스토랑'이었다. 20년이 넘는 시간 동안 한자리를 지킨 덕분에 손님 대부분은 10년이 넘는 단골이었고 종업원도 식당 주인도 손님도 모두 서로 오랜 친구처럼 지내는 곳이었다.

"나 이제 곧 일 그만둬요. 이제 여행을 떠날 시간이죠!"

매주 같은 요일 같은 자리에서 같은 메뉴를 시키던 한 할아버지에게 그만둔다는 인사를 했다. 그는 아쉬운 표정 대신 장난스런 목소리로 대답했다.

"이제야 주문 제대로 받는데 그만둬버리면 어떡해."

이렇게 며칠 동안 손님들과 작별 인사를 나눴다. 그리고 앞으로 떠날 여행 이야기를 들려주었고 손님들은 걱정과 응원을 해주었다.

작별 인사 도중 갑자기 밀려오는 손님들 때문에 정신없이 일하다 잠시 쉴 틈이 생기자 셰프 밀라가 초밥과 김밥 몇 개를 접시에 담아 건네줬다.

"세열, 잠깐 쉬면서 먹어."

나는 가능한 작은 목소리로 웃으며 대답했다.

"Yes, Chef. Thank you!"

잠시 벽에 기대 밀라가 준 초밥을 간장에 찍어 먹으니 매운 와사비 향이 코끝을 찌른다. 긴장이 풀리며 문득 이곳에서 보낸 지난 시간들이 떠오른다.

이력서 한 뭉치를 들고 다니면서 한 장 건네는 용기조차 나지 않아 몇 시간 동안 시내를 돌고 돌았던 날들. 그리고 나는 이렇게 초라한데 잔디밭에 누워 있는 이들은 어찌나 행복해 보이던지. 게다가 날씨는 왜 이리 좋은지. 그래서 괜히 큰길가에 주저앉아 궁상맞게 눈물을 흘린 일. 간신히 일을 구해 첫 주급을 받아 함께 사는 친구들과 주급보다 더 비싼 음식을 사먹은 날까지.

모든 일들이 아주 오래전 일 같다. 와사비 향이 가신 지 오랜데도 여전히 코끝이 찡하다. 이제 이곳을 곧 떠난다 하니, 하나하나가 다시 소중하게 느껴졌다.

10시가 넘은 시각, 한 테이블 한 테이블 사람들이 일어나자 우리는 슬슬 테이블을 치우고 설거지를 하며 뒷정리를 시작했다. 그리고 함께 일한 친구들과 마지막 기념사진을 찍었다. 아쉬움이 남지 않을 만큼의 사진을 찍고는 사장의 방으로 찾아가 이번 주에 일했던 시간과 임금을 정산했다.

"내일이 마지막 날이네. 그동안 수고했어. 정산한 돈은 내일 일당까지 합해서 한 번에 줄게."

사장 마이크는 내게 악수를 건네며 인사했다.

"이곳 덕분에 즐겁게 일했어. 참! 마이크, 지난번에 말했던 벽화는 어떻게 할까?"

"아, 난 네가 항상 바쁜 거 같아서 말 못 하고 있었는데. 나야 벽화가 필요하긴 한데 내일 하루 만에 그릴 수 있겠어?"

"물론! 그러면 내일은 벽화를 그리러 올게!"

그러니까 호주에서 사는 동안 '노동자'로만 살고 싶지 않았다. 어떤 일이든지 모두 '노동'이겠지만 이곳에서 일반적인 아르바이트가 아니라 그림으로 무엇인가 해보고 싶었다. 큰돈을 버는 일이 아니더라도 적어도 한 번쯤은.

이미 호주에 다녀온 친구들도 쉽지 않을 거라고 이야기했고 함께 살던 호주 친구도 "한국처럼 이곳 사람들은 벽화를 좋아하진 않아"라고 했지만 그래도 시도라도 해보고 싶었다. 그래서 '세계를 여행 중인 아티스트입니다'로 시작하는 광고지를 만들었고 어딜 가든 외출할 때마다 가방에 광고지 몇십 장을 넣어 다녔다.

'그렇게 열심히 광고지를 들고 다닌 결과로 해변가의 유명한 레스토랑에 큰돈을 받고 작업을 했다. 그리고 이 지역에서 꽤 유명해져서 옆 마을까지 초대되어 그림을 그리게 되었다'라는 큰 꿈을 꾸며 광고지를 돌렸지만 현실은 정반대였다.

"미안. 우린 프랜차이즈라 마음대로 인테리어를 바꿀 수가 없어."

몇몇 곳은 이렇게 정중하게 거절했지만 대부분의 가게들은 잡상인 취급을 하며 쫓아냈다. 가끔은 이러고 있는 내 모습이 한심스럽다가도 한국 가게에 외국인이 찾아와 무작정 벽에 그림을 그리겠다고 하면 얼마나 당황스럽고 성가실까 생각해보니 이해는 됐다.

'내가 지금 참 말도 안 되는 짓을 하고 있구나.'

그래도 간간히 오는 문의 메일과 전화는 잡상인 취급을 받는 와중에도 계속 시도할 수 있는 용기를 주었다.

레스토랑에 출근했을 때도 사장에게 광고지 한 장을 건넸다.

"마이크, 주변에 카페나 레스토랑 하는 친구들 있으면 벽화 소개 좀 해줄 수 있을까?"

"응. 친구들 모임 때 한번 이야기해볼게. 그런데 우리 가게도 빈 벽

여행자도, 학생도, 일하는 사람도 아닌
그저 주눅들어버린 구직자

이 있는데 거기에 그려도 좋지 않을까?"

생각지도 않았던 그의 제안에 메구미 레스토랑에 그림을 그리기로 했다. 가볍게 이어폰을 꽂고 빈손으로 출근하던 평소와는 다르게 마지막 날은 카메라와 그림 도구를 챙겨 집을 나섰다. 레스토랑에 도착하자마자 동료들에게 인사하고 다시 가게 밖 입구로 나왔다. 그리고 곧바로 펜을 들고 그림을 그리기 시작했다.

제법 여름이 가까이 온 줄 알았는데 아직 쌀쌀한 바람이 부는 늦은 봄날의 오후였다. 살짝 차가워진 손은 친구가 만들어 내준 커피로 녹였다. 손님이 뜸해지자 동료들이 하나둘 나와 하나씩 펜을 들고 색칠하는 것을 도와주었다. 덕분에 그림은 생각보다 일찍 마무리됐다.

그렇게 메구미 레스토랑에서의 마지막 일을 끝냈다. 다행히 사장 마이크도 벽화를 마음에 들어 했다. 그는 사무실에서 봉투 두 개를 건네며 말했다.

"하나는 웨이터에게. 하나는 아티스트에게."

그리고 마지막 악수를 건넸다.

"사실 벽화비는 어떻게 계산해야 되는지 몰라서 시급 두 배로 넣었어. 너무 적은 건 아니지? 여행 잘하고 호주 올 땐 이곳에 꼭 다시 와. 언제든지 환영이야."

마지막 퇴근을 하며 생각했다.

하얀 선으로 그린 이 그림이 바랠 때까지만이라도,

몇몇이라도 나를 기억해줬으면 좋겠다고.

FRANKSTON, AUSTRALIA

Yes, Chef!

사실 일식당에서의 생활이 언제나 즐거웠던 건 아니다. 유독 밀라는 내가 작은 실수만 해도 화를 내고 짜증을 냈는데 결국 하루는 화를 참지 못해 물었다.

"넌 내가 뭐가 그렇게 마음에 안 들어?"

그녀가 대답했다.

"네가 항상 공격적으로 소리치면서 말하잖아. 그래서 나도 그런 것뿐이야."

대답을 듣자마자 나는 웃음을 터트렸다.

"밀라, 난 소리친 게 아니라 열심히 하는 척하려고 크게 대답한 거야."

그러니까 나는 아직 영어도 잘 못하고 일도 익숙하지 않아 노력하는 척이라도 해볼 요량으로 요리사가 등장하는 드라마 주인공처럼 "Yes, Chef!"를 너무 크게 외쳐댔고, 그 불필요한 열정이 작고 겁 많은 그녀에겐 공격적으로 다가왔던 것이다.

이렇게 오해가 풀리고 나자 우리는 급속도로 친해졌다. 그리고 그녀는 시간이 날 때마다 초밥을 만들어 내게 건넸고 나는 가능한 작고 부드러운 목소리로 대답했다.

"Yes, Chef! Thank you!"

함께 살던 친구들의 집에 집 앞 풍경을 그렸다.

그리고 친구는 거의 없다시피 한 방값을 한 달 동안 받지 않았다.

출근은 엇비슷했지만,

퇴근이 가장 늦었던 나를 위해 남겨둔,

오븐 속 파스타라든지, 스테이크 덕분에

아슬아슬하게 여행처럼 지내고 있었다.

Frankston Beach

PIES & POFFERTJES
SYDNEY

선택

"머빈. 넌, 돈과 시간을 선택한다면 뭘 선택하겠어?"

"내가 30대고 가족이 있다면 돈을. 그런데 아직 20대니까 당연히 시간!"

일주일마다 쌓이는 돈을 포기하고 다시 여행가방을 싸기로 했다.

아무튼,
여행은
잘하고 있습니다

연말의 베트남 여행은 참 잘못된 선택이었습니다. 아니, 베트남이 문제가 아니라 이곳, 무이네에 온 것이 큰 실수였죠.

무이네는 베트남 남쪽에서 가장 큰 도시인 호치민과 가까운 휴양지예요. 연말이라고 호치민에 사는 베트남 사람뿐만 아니라 외국인들까지 다들 이곳으로 몰려온 모양입니다. 날짜에 둔감해진 탓에 아무 생각 없이 지금 이곳에 왔더니 모든 방이 이미 가득 차버렸네요. 값비싼 리조트도, 싸구려 게스트하우스도.

무거운 가방을 짊어 메고 외길을 따라 한 집 한 집 들르며 물어봤지만 모두 고개만 저을 뿐입니다. 정말 이 몸 하나 누일 방 하나를 구하지 못할지도 모른다는 두려움에 공사 중인 리조트에까지 들어갔지요. 혹시 잠을 재워줄 수 있느냐고 물으니, 주인 할머니는 한참 고민하고는 힘겹게 힘겨운 가격을 종이에 적어 보여줍니다. 아직 열지도 않은 곳이면서 이렇게 큰 값을 부르는 것이 야속했지만 갈 곳 없는 이 불쌍한 손님을 받아주겠다는 할머니가 고맙기도 했지요. 그래서 더 찾아보고 빈 숙소가 없으면 다시 오겠노라고 손짓 발짓, 그리고 그림으로 대답하고 나왔습니다.

저 말고도 몇몇 배낭여행자들이 몇 발짝 앞서 걷고 있었고 문득문득 반대편에서 커다란 배낭을 메고 걸어오는 이도 있었지요. 그에게 "저쪽엔 방 좀 있어?"라고 물으니 고개만 절레절레 흔듭니다. 저 역시 "내 뒤로도 방이 없어, 아주 비싼 곳 몇 군데 빼고"라고 이야기해 주었습니다.

그렇게 서로 지나온 길에 우리가 묵을 만한 방이 없다는 것을 알면서도 달리 별수가 없기에 다시 각자 향하던 곳을 계속해서 걸어 나갑니다.

제 앞을 몇 발짝 앞서 걷던 한 여행자가 싸구려 게스트하우스에 들어가는 것을 봤는데, 이내 나오겠지 하던 그가 오래도록 나오지 않습니다. 혹시나 하는 마음에 서둘러 그를 따라 들어가 봤지만 그는 주인 대신 제게 대답합니다.

"미안, 내가 마지막이래."

'아, 몇 발짝만 빨랐으면 저 여행자 대신 내가 이곳에서 지낼 수 있었을 텐데'라는 왠지 모를 야속한 마음이 들었지만 그래도 빈 방이 없다는 방향에서 제 방을 찾는 모습을 보니 약간의 희망이 생겨 계속해서 걸었습니다. 그러나 이렇게 쉽게 빈 방을 찾을 수 있었다면 조금 전 "이 방향에는 빈 방이 없어"라고 말했던 녀석도 저를 마주칠 일이 없었겠지요.

이젠 배낭 무게도 몇 배로 느껴지고 내 다리도 내 것이 아닌 양 더 이상 걷지 못하겠다는 생각이 들어 자포자기 심정으로 꽤나 고급스러워 보이는 리조트로 들어갔습니다. 리셉션 앞에 가서 배낭부터 내던지고 물었습니다.

"빈 방이 있나요?"

리셉션에 있던 여자가 차분한 목소리로 이야기합니다.

"미안하지만 방이 없네요. 다른 곳도 마찬가지일 텐데…."

지친 어깨 위로 다시 배낭을 메려 하니 그녀는 "잠시만요. 주변 숙소라도 알아봐드릴게요"라고 말하고는 이곳저곳에 전화를 돌립니다. 하지만 손님이 가득 찼다는 대답뿐이었죠. 그래도 오늘 숙소를 찾으며 이렇게까지 신경 써준 사람은 처음이라 참 고마웠습니다.

"깜은.(감사합니다.)"

인사를 하고 나서려는데 갑자기 그녀가 다시 저를 부릅니다.

"혼자인가요?"

"네."

"괜찮으면… 직원들이 자는 창고가 있는데 거기도 괜찮아요?"

창고라던 그 방은 꽤나 그럴듯했습니다. 그리고 그곳에서 지내기로 했지요.

물론 그럴듯하지 않았어도 지냈을 것이고 그저 이런 배려가 너무 고마웠습니다. 가끔, 최악이라고 생각한 여행지에선, 이렇게 사람 때문에 웃을 수밖에 없어요.

늦은 오후, 방에서 나와 주변을 둘러보니 수염은 덥수룩하지만 앳된 얼굴을 한 녀석이 빈둥대고 있습니다. "너도 혼자 왔니?"라고 물으니 그렇답니다. 스웨덴에서 왔다는 그 녀석도 딱 보니 저처럼 이런 리조트에서 지낼 만한 녀석이 아닌지라 "너도 창고에서 지내?"라고 물으니 해변 쪽을 가리키며 대답합니다.

"아니, 난 저기 선베드에서 자."

대강 서로 온 시간을 따져보니, 이번엔 제가 몇 발짝 빨라 선베드에서 잘 뻔한 신세를 면했네요.

아무튼, 여행은 잘하고 있습니다.

HOIAN, VIETNAM

1달러 그림

"직접 그린 그림인가요?"

"그럼."

"얼마예요?"

"2달러."

"이 그림으로 한 장 살게요."

집착이나 의무까지는 아니지만, 기념품을 하나 산다면 자석이나 엽서 대신에 작은 그림을 한 장 사곤 했다. 물론, 대단한 작품이 아닌 수십 장씩 똑같이 그려 쌓아놓은 작고 간단한 그림으로.

"자네도 그림을 그리나?"

"여행하면서 가끔씩 그려요."

내 손에 든 스케치북을 보고 물었을까? 나는 대답하며 스케치북을 건넸다. 갤러리 주인은 몇 장 채워지지 않은 내 스케치북을 넘겨보고 아까 고른 그림을 그냥 1달러에 가져가라고 말했다. 그리고 한마디 덧붙였다.

"대신 들어와서 차나 한 잔 하고 가세!"

겸손하게
여행하세요

여행은 시작부터 엉망이었다.

이번 여행을 계획하며 의욕이, 아니 욕심이 너무 과한 탓이었다. 괜찮은 그림을 그리고 싶었고 사진도 잘 찍고 싶었다. 누구도 가지 않은 곳을 여행하고 누구도 만나지 못한 사람들을 만나보고 싶었다. 그래야 특별하고 그럴듯한 여행이 될 거라 생각했다. 나의 여행은 그래야만 한다고 생각했다.

자리를 잡고 펜 뚜껑을 열었지만 아무것도 그리지 못하고 스케치북을 닫는 날이 많았다. 뭘 어떻게 그려야 할지 몰라 답답했다. 그래서 카메라를 들었지만 셔터 몇 번 누르는 것 역시 힘겨웠다. 뭘 어떻게 찍어야 할지 몰라 답답한 마음만 밀려왔다.

그렇게 제대로 써보지도 못할 그림 도구와 카메라 때문에 무거워진 가방을 메고 매일 가이드북에 나온 몇몇 장소만 의미 없이 돌아다녔다. '나는 지금 여기서 도대체 무엇을 하고 있을까?'라는 생각만 끊임없이 하면서.

때문에 하노이에 도착해 지난 베트남 여행을 되돌아보며 '이번 여행은 엉망이었구나'라고 생각했다. 그리고 앞으로의 여행도 계속해서 아무것도 아닌 시간이 될까봐 여행은 점점 나를 짓누르는 '짐'이 되었다.

베트남에 오기 몇 달 전 호주에서 일하던 어느 날, 몇 명 찾아오지 않는 블로그에 누군가 방명록을 남겨놨다.

"미얀마 여행을 떠나려고 합니다. 이것저것 물어보고 싶은데 준비하면서 자주 여쭤봐도 될까요? 저는 베트남에 살고 있습니다. 혹시 베트남에 여행 오실 거면 베트남 정보는 제가 알려드릴게요."

블로그에 써놓은 미얀마 여행 글을 읽고 연락을 했을 것이다. 마침 나도 베트남으로 떠날 생각이었기에 우리는 미얀마와 베트남 여행 정보를 주고받았다. 서로 충분한 이야기를 하고 나서 마지막으로 그녀는 하노이 근처 NGO센터에서 간사로 일하고 있으니 베트남에 오게 된다면 언제든 연락을 하라고 했다.

그러나 베트남 여행을 하면서도 그 간사님을 직접 만날 거라고는 생각하지 않았다. 분명 내가 연락을 하면 그녀는 '미안하지만 요즘 바쁘네요'라는 핑계를 댈 거라 생각했고 내가 괜찮은 여행 친구라도 만난다면 그곳까지 굳이 찾아갈 거라 생각하지 않았다. 그러나 막상 이른 아침 하노이에 도착했을 땐 여행 친구도, 별다른 계획도 없었기에 혹시나 하는 마음으로 연락을 했다.

"안녕하세요. 오늘 아침에 하노이에 도착했어요."

"어디세요? 지금 그쪽으로 갈게요!"

간사님은 예상과는 다르게 바쁘다는 핑계 대신 너무 흔쾌한 목소리로 대답했다.

"안녕하세요. 최유리입니다."

얼마 지나지 않아 작은 키에 검게 그을린 그녀가 게스트하우스로 찾아왔다. 그녀는 유창한 베트남어로 작은 식당에선 주문을 하고 버스 정류장에선 버스 기사에게 길을 물었다. 그리고 함께 NGO센터로 향하던 길에 그녀가 말했다.

"세열 씨가 여복이 있나 봐요. 오늘 여대에서 우리 센터로 봉사활동 오는데! 잠시 공항 좀 들렀다가 같이 들어가요."

간사님과 여대 봉사단과 함께 들어간 NGO센터에서 며칠 지내기로 했다. 여대생들은 하루 종일 이곳저곳 분주하게 다니며 봉사활동을 하고 센터 직원분들은 이른 아침부터 늦은 밤까지 사무실에서 일을 했다. 그런 틈에서 나는 혼자 늦잠을 자고 느긋하게 산책을 하다가 때가 되면 식당을 찾아 밥을 먹었다. 어느 날 그렇게 빈둥대고 있는 내게 간사님이 말했다.

"세열 씨, 밥값으로 그림 하나 그려주고 가요."

"그림이요? 그럼요!"

안 그래도 슬슬 눈치도 보이기 시작하고 무료해질 즈음이라 약간 과장된 표정으로 대답했다. 간사님은 나를 커다란 하얀 벽 앞으로 데리고 갔다.

"여기에 그려줬으면 좋겠어요. 아이들이 도서관 가는 길이니까 아이들 좋아할 만한 그림으로."

펜을 들고 나와 다시 벽 앞에 섰다.

사실 자신 있게 그림을 그리겠다고 했지만 커다랗고 하얀 빈 벽이 두려워졌다. 손바닥만 한 스케치북에도 그림을 제대로 못 그리고 있는데, 이렇게 한 번도 그려본 적 없는 큰 벽에 그림이 바로 그려질 리 없었다.

앞으로 갔다 뒤로 갔다 왼쪽으로 갔다가 다시 오른쪽으로 수없이 왔다갔다하며 고민해봤지만 별수가 없었다. 그렇게 한참 시간을 보내고 나서야 일단 시작이라도 해보자 하고 억지로 첫 선을 무겁게 그렸다. 그리고 마음에 들지 않는 그 선을 만회하기 위해 다음 선을 그리고 다시 그 선을 만회하기 위해 다음 선을 그렸다. 그렇게 하나하나 '만회'하다 보니 부담감이 조금씩 줄어들었다.

그림은 이튿날까지 이어졌다. 벽화 그리던 첫날 무심하게 지나치던 여대생들도 두 번째 날은 멀리서 쳐다보다가 내게 다가와 인사를

건네고 함께 펜을 들고 벽화를 도와주었다.

다 그린 벽화 앞으로 아이들이 다가와 까르르 웃으며 장난을 쳤다. 그 모습이 뭔가 부족해 보이던 벽화를 채워주는 듯했다. 덕분에 잘 그린 벽화는 아니더라도 아이들이 놀 만한 무대 배경 정도로는 충분하겠다는 생각이 들었다. 그리고 마음 한가운데 걸려 있던 부담감이 조금은 녹아내렸다.

벽화를 완성하고 다음 날, 2주라는 짧은 비자 탓에 아쉬운 마음으로 NGO센터를 떠났다. 유리 간사님은 떠나는 내게 말 대신 글로 인사를 전했다.

“건강히 겸손하게, 그리고 매 순간 행복하게 여행하길.”

그 글을 읽고 오랫동안 생각했다.

한 번도 들어보지 못한 말 그리고 생각조차 해보지 못한 말, ‘겸손한 여행’에 대해서. 그리고 그 덕분에 이번 베트남 여행이 왜 이렇게 힘겨웠는지 알 것만 같았다.

남들보다 여행을 ‘더’ 잘하고 싶었나 보다. 그럴듯한 이야기를 만들어내고 그럴듯한 사진과 그림을 그려 ‘나의 여행’보다 ‘남들이 더 보기 좋은 여행’을 하고 싶었나 보다. 그런 욕심 때문에 이곳 베트남 여행이 너무나 버거워졌던 것이다.

유리 간사님의 ‘겸손하게 여행하세요’라는 말은 그런 욕심을 감당하지 못하는 모습을 보고 했던 말일까? 아니면 별 의미 없이 누구에게나 전하는 인사였을까? 무엇이었든 간에 그 인사 덕분에 여행에 대한 욕심과 무언가 잘 만들어내야 한다는 부담을 많이 덜어낼 수 있었다. 여행이 한결 가벼워졌다.

베트남을 떠나고도 '겸손하게 여행하세요'라는 말은 이후의 여행에서 계속 내 마음을 떠나지 않았다. 그리고 그때마다 겸손의 의미는 매번 다르게 다가왔다.

나에 대한 겸손,
사람에 대한 겸손,
상황에 대한 겸손.

사실은 여전히 화를 내며 욕을 내뱉고 부족한 배려와 편견을 갖고 여행했다. 그래도 그 말 덕분에 조금은, 아주 조금은 더 모난 마음 다듬어 여행할 수 있었고 한 번이라도 더 좋은 사람을 만났고 즐거운 일이 생겼던 것은 아닐까?

그래서 여행 중 들었던 말 중 가장 아름답고 감사했던 말이었다.
'겸손한 여행'이란 말은.

그럴 땐 그냥

태국의 한 섬으로 들어가 스쿠버다이빙을 배우던 나날이었다. 그런데 하필 그날은 무슨 이유였을까? 전날 강사님이 항상 지켜본다고 했던 말을 너무 과신했던 것일까? 아니면 오늘따라 귀가 아프지 않다는 사실에 너무 들떠 있었던 것일까?
바닷속 깊은 곳으로 들어가 물고기 떼를 무작정 따라가다 보니 강사님도, 같이 배우는 학생들도 아무도 보이지 않았다. 사방은 부유물로 가득 차 아무것도 보이지 않았다. 두려움이 밀려왔다. 이젠 위도 아래도 구분이 되지 않았다. 이곳을 빠져나가려고 발버둥칠수록 더 깊은 곳으로 빨려 들어가는 듯했다. 두려움이 밀려왔다. 그렇게 한참을 헤맸다. 그리고 자포자기 심정으로 마지막 발버둥을 치는 순간 시야가 한 번에 열리며 잃어버린 일행들이 저 멀리 보였다.
몇 달 후, 가슴을 쓸어내리며 이 이야기를 다른 다이버에게 했더니 너무 간단하게 해결책을 던져준다.
"그럴 땐 그냥 숨만 들이마시면 몸이 떠오르잖아."
그래, 그런 거구나. 숨만 쉬면 되는 거였구나. 꼭 바닷속이 아니더라도 우리가 어찌해야 할지 몰라 헤매고 있을 때도 어쩌면 차분히 숨만 쉬는 것만으로도 충분할 때가 있을지 모른다. 너무 애쓰거나 고민하기보다.

짜이잔

인도에 도착해 처음 짜이를 사 마셨다.

말로만 듣던 빨간 토기 잔이 아니라

하얀 일회용 플라스틱 컵에 짜이를 따라주었다.

'인도에 너무 늦게 와버렸나' 하는 아쉬움이 들었다.

미완성의 이유

이 그림 한 장 그리는 데 나는 스무 번 정도 아버지 어머니 이름을 포함한 긴- 자기소개를 해야만 했고 서른 번 정도 허락도 없이 인도인들의 핸드폰 사진 모델이 되어야 했다. 그리고 열다섯 번 정도 지나가던 인도인들과 어깨동무를 하고 사진을 찍었다. 이틀 동안 같은 곳에 앉아 그림을 완성하려 했지만 결국 포기해버렸다.

미완성이라고 생각했던 그림을 한참이 지나 다시 쳐다보니 빈 공간엔 그림 대신 사람들과의 이야기로 채워져 있다. 오히려 다행이다.

RAJAN ENTERPRISES

JAIPUR, INDIA

인도에서
새로운
비즈니스

얼굴 그림 한 장에
담배 두 개비 혹은 짜이 두 잔 값. 200원.
하루 동안
기념품을 파는 녀석들에게 짜이 여섯 잔만큼의 돈을 벌었고
함께 짜이를 마시고 담배를 피웠다.
그리고
그다음 날
한 사람이 길을 멈추고 자신도 그려달라 한다.
이 사람은 깔끔한 차림에 조금 세상 물정 모르게 생겼기에

길거리 인도 친구들과 짜고 바가지를 씌웠다. 인도 스타일로.

그가 먼저 가격을 물어 대답했다.

- 50루피(1,000원)!

- 10루피(200원)!

- 40루피(800원)!

- 잇쯔 뚜 익스뺀시브! (It's too expensive! 너무 비싸!)

- 마이 라스뜨 쁘라이스 이즈 써티루피!

(My last price is 30R. 30루피 밑으로는 더 못 깎아줘!)

- 20루피(400원)?

- OK! Are you Happy?

인도에서 새로운 비즈니스!

"Are you Happy?"

인도인들과 흥정 후 언제나 "Are you happy?"라고 묻는다. "만족하니?"라는 말이지만 특유의 표정과 말투로 "그렇게 깎아서 행복하니?" 또는 "그 가격에 사니까 행복하니? 넌 열심히 깎았다고 생각하지? 사실은 그것도 바가지 가격이야"처럼 들려 언제나 묘한 기분이 든다. 그래서 꼭 인도인에게 해보고 싶었던 말!

"Are you happy?"

PALACE
Suppliers of :

YOGA
TRAINING
CENTRE
SHAKAR KAND
LANE, MEERGHAT

YOGA
TRAINING
CENTRE
SHAKAR KAND
LANE, MEERGHAT

AGRA, INDIA

종이 한 장

"아저씨, 얼굴 그려드릴게요."

"얼굴? 난 돈 없는데. 필요 없어."

"사실 제가 지금 종이 한 장이 필요한데 제가 얼굴 그려드리면 아저씨가 가지고 있는 종이 한 장 주시면 안 될까요?"

타지마할 입구에 들어가는 것은 공항만큼이나 까다로운 검사를 거쳐야 했고 종이와 펜은 들고 갈 수 없다고 했다. 아마도 여느 관광지처럼 하얀 대리석에 글자를 새기거나 낙서하는 것을 막고자 하는 이유였을 것이다.

그림을 그리지 못한다는 것은 아쉬웠지만 사진을 찍는 것에 만족하기로 했다. 그런데 가만 보니 관광객들의 기념사진을 찍어주는 사진사 아저씨들 가방 속에는 사진을 담을 종이가 한가득했다. 몇 번 망설이다가 나무 그늘 아래 쉬고 있는 한 사진가에게 다가가 말을 걸었다. 얼굴 그림과 종이 한 장을 바꾸자고. 아저씨는 종이 한 장쯤이야 하는 표정으로 고개를 한 번 옆으로 끄덕이며 제안을 승낙한다.

몇 분 후, 다 그리고 건넨 그림이 다행히 마음에 들었는지 약속보다 많은 종이 두 장을 손에 쥐여주었다. 그리고 내 카메라를 보고 말한다.

"메모리 카드 좀 잠시 주게나."

받은 메모리 카드를 자신의 카메라에 꽂고는 나를 타지마할 앞으로 데려가 포즈까지 가르쳐주며 찍어준다. 그리고 말했다.

"그림을 종이 한 장으로 바꿀 순 없지 않겠나."

MUMBAI, INDIA

결국

권태로운 일상으로부터,

익숙함으로부터,

떠나겠다고 했지만,

결국 맥도날드가 없으면 불안해.

스마트폰도,

인터넷도,

전기도,

물도.

그림을 그리고
옆에 있는 사람이 그 나라 글자로 제목을 적어주면
그림 완성.

MUMBAI, INDIA

가장 든든하게
그림을
그린 날

뭄바이 길에 앉아 그림을 그리니
주변에 있던 경찰들이 내 옆에 서서 몇 시간 동안
보디가드를 해준다.
한참이 지나서야 그림을 완성하니
경찰들이 기다렸다는 듯이 내 그림을 '빌려 가'
어느새 몇 장으로 복사해 온다.
그동안 딱히 그림을 그리면서 불편한 적은 없었지만
그래도 이번이 가장 든든한 마음으로 그림 그린 날.

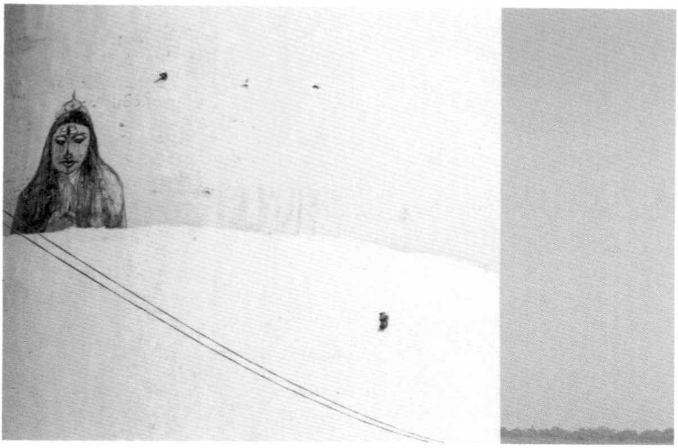

INDIA

인도와 시간과 형

재수를 마치고 마침내 대학생이 된 형은 여름방학 때 인도를 가겠다고 했다. 자세히는 모르지만 아마 고등학교 시절 읽었던《하늘 호수로 떠난 여행》덕분이었을 것이다.

"인도 한 달 여행하려면 최소한 3개월은 공부해야 한대."

그는 진지한 표정으로 인도 여행 준비에 관해 이야기했다. 학기 초부터 함께 갈 친구들을 만들었고 가이드북을 사왔다. 나는 굉장한 두께에 놀랐고, 그 두께만큼이나 인도가 넓은 곳이구나 하고 짐작했다. 지금 보면 얇디얇지만.

그리고 한 학기 동안 열심히 공부하며 준비했고 마침내 여름방학

이 시작되었다. 그리고 그는 앓아누워버렸다. 결국 친구들은 형만 두고 모두 인도로 떠났다.

그래서 그가 열심히 공부했던 《2002~2003년 최신 개정판 세계를 간다. 인도》는 제목이 무색하게 10년이 넘도록 인도는커녕 우리집도 제대로 떠나지 못하며 책꽂이에 박제처럼 굳은 채 먼지만 쌓여갔다.

"형, 이제라도 인도 안 가?"

아팠던 몸이 다 나은 형에게 물으면 항상 그는 이렇게 대답했다.

"어. 이젠 깨끗한 나라가 좋더라."

그 이후로 형은 인도에 대해서 관심도 갖지 않았지만 형 덕분에 인도 여행이란 것을 알게 된 나는 그로부터 9년 후 그가 그렇게 강조하던 '3개월의 공부'는커녕 가이드북도 제대로 살펴보지 않고 인도로 떠났다.

인도를 여행하면서 처음엔 스무 살 친구들을 보며 내가 스무 살에 인도를 왔더라면, 이라는 생각을 했고, 다음엔 형이 그때 아프지 않고 인도에 왔더라면 생각보다 많이 다른 형이 되었을 거란 생각을 했다. 좋다, 나쁘다가 아니라 그저 '다른'.

GANGA. INDIA.

무중력

"이번 여행, 뭐가 좋았어?"

"그거 알아? 나 이번에 두 번의 무중력을 느꼈어."

"응?"

"한 번은 말 그대로 물속에서 무중력.

그리고 다른 한 번은 근심, 걱정으로부터의 무중력."

1992년

놀이터 가장 높은 곳에서 뛰어내리니

모두가 부러운 눈으로 쳐다봤다.

2012년

가장 먼 곳,

그러니까 지구 반대편으로 오니

딱 그 시절만큼의 부러운 시선을 받았다.

SOUTH AMERICA

시차

여행은 언제나 시차의 나른함으로 시작했다.
겨우 한두 시간의 미묘한 시차일지라도
여행 첫날 우리를 노곤함으로 밀어 넣기에 충분했다.
간혹 너무 멀리 떠나기라도 하면 시차가 열 시간은 가뿐히 넘어
밤낮은 온통 뒤죽박죽되어 사나흘은 아무것도 못하곤 했다.
그래도 여행이 끝난 일상에서 '시차'라는 단어만큼
단번에 '여행'을 떠올리게 하는 단어는 없지 않을까?
무거운 피로감이 밀려오지만
그만큼 설레는 기억을 함께 가져다주는 말이기에.

Happy Up Here Guesthouse

여행을 하면서 배운 여럿 중 하나는 비싸면서 안 좋은 것은 있지만 싸고 좋은 것은 거의 없다는 것이다. '싸고 적당히 나쁘지 않은 것'을 찾는 것이 가장 편하고 합리적인 선택이었고 '싸고 좋은 것'을 좇다 보면 언제나 문제가 생겼다. 그래서 파리의 한 호텔에서 급하게 리마에 머물 숙소를 알아볼 때도 이 게스트하우스의 5달러란 저렴한 가격과 100퍼센트에 가까운 평점은 예약을 주저하게 만들었다.

혹시나 하는 마음에 천천히 리뷰들을 살펴보니 칭찬은 한결같았다. 엄마 같은 아나 아주머니에 대한 칭찬뿐. 다른 이유 때문에 높은 평점이었다면 망설임 없이 다른 숙소로 향했겠지만 '도대체 어떤 주인일까?'라는 궁금증이 생겼고 이틀 치 방값을 결제하고 리마행 비행기를 탔다.

아나 아주머니가 미리 공항으로 보낸 택시를 타고 호스텔에 도착했을 땐 이미 해가 지고 난 후였다. 경적을 살짝 울리니 굳은 철문이 열리고 머리가 하얀 아주머니가 웃으며 나왔다.

"안녕하세요. 어서 와요. 세열 씨죠? 내 이름은 아나예요."

아주머니는 포근한 웃음을 지으며 나를 반겼다. 그리고 함께 2층으로 올라가 차분하게 게스트하우스를 안내해주었다. 그녀의 작지만 따뜻한 목소리는 '남미'라는 장소에 한껏 긴장해 있던 여행자를 편안하게 만들기에 충분했고 그 많은 리뷰들이 왜 아나 아줌마를 향했는지 알 것 같았다.

다음 날 이곳의 아침은 더욱 좋았다.

큰 창으로 스며드는 햇살 아래서 아나 아주머니가 챙겨주는 아침밥을 먹는 순간이 좋았고 먼 도시에서 도착한 여행자들과의 수다가 좋았다. 그렇게 한가롭게 아침시간을 보내다가 어느새 시차의 피로감을 이기지 못해 다시 잠들어버렸다.

결국 오후 늦게 일어나 남들 다 잘 시간엔 말똥말똥해졌다. 노트북을 들고 식당에 나왔다. 아나 아주머니도 식당에 올라와 다음 날 아침 준비를 시작했다.

"잠시 옆에 앉아도 될까요?"

간단히 일을 마친 그녀가 내 옆에 앉았다. 그리고 많은 이야기를 들려주었다. 특히 이곳을 찾은 손님들과 함께 사는 커다란 개 마르띠요에 대해서. 나는 그동안 여행 다니며 찍은 사진을 보여주었다. 여러 장의 사진을 넘기며 보는데 이전에 그렸던 벽화 사진을 그녀가 관심 있게 바라봤다. 잠시 망설이다가 물었다.

"아나, 여기에도 그림 한번 그려볼까요?"

사실, 이곳에 처음 들어왔을 때부터 저 하얀 벽에 그림을 그리고 싶었다. 그래서 먼저 묻고 싶었지만, 다른 곳에서 몇 번 거절당했던 기억이 있었기에 망설일 수밖에 없다. 낯선 손님에게 벽을 내주는 건 쉬운 일이 아니니까. 졸였던 마음에 비해 아나 아주머니는 너무 쉽게 대답했다.

"당연하지. 그림은 네가 그리고 싶은 대로 그려도 좋아."

아나 아주머니의 시원한 허락 덕분에 다음 날 아침 설레는 마음으로 펜을 꺼내 일렬로 늘어놓고 무엇을 그릴까 고민했다. 언제나처럼 벽 앞에 서서 머릿속으로 그림을 그려본다. 그리고 손으로 허공에 그림을 그려보고 나서야 벽에 가는 첫 선을 그린다. 그 선 하나가 다시 전체 그림의 크기를 결정해주고 위치를 잡아준다. 실수를 하면 실수처럼 안 보이게 다음 선을 그리며 조금씩 조금씩 그려 나간다. 그렇게 흰 벽은 서서히 리마의 광장과 나스카 라인들로 채워졌다.

"와우! 멋지네!"

밖에 나갔던 여행자들이 슬슬 돌아와 그림을 봐준다. 사람들의 소

리에 아나 아주머니가 아래층에서 올라왔다. 언제나 이 시간이 가장 긴장된다. 주인의 첫 마디, 그리고 표정. 아주머니는 천천히 그림을 바라보며 다가오더니 입을 열었다.

"너무 예쁜데! 이곳이랑도 너무 잘 어울리고!"

그리고 나를 꼭 껴안아주었다. 그제야 긴장이 풀렸다.

이렇게 게스트하우스에서의 첫 번째 벽화를 그렸다.

며칠 후 리마를 떠나는 날, 아나 아주머니도 평소보다 일찍 일어나 아침을 챙겨주었다. 그리고 며칠 전 맛있다고 말했던 라면과 빵을 챙겨 봉투에 담아 건네주었다. 그 봉투를 소중하게 가방에 넣고 떠날 준비를 마무리했다.

"아나, 방값 계산할게요."

나는 지갑을 들고 아주머니에게 말했다.

"아니야. 벽화도 그려줬잖아. 내가 더 잘 챙겨줬어야 하는데 미안해."

"아나, 조금이라도 받아요. 제가 아나한테 받은 것도 참 많잖아요!"

"안 돼. 그럼 내가 불편해. 벽화 정말 고마워. 내가 호스텔 그만둘 때까지 저 벽화 간직할 거야."

그렇게 아나는 며칠 동안 먹고 잔 값을 한 푼도 받지 않았다. 그리고 굳이 큰길까지 따라 나와 택시를 잡아주었다. 우리는 서로 마지막

포옹을 하고 헤어졌다.

"세열, 항상 건강하게 여행해! 소매치기들 조심하고!"

멀리서 아나 아줌마가 오래도록 손을 흔든다.

"벽화를 보면 네가 여기 머물렀던 짧은 시간이 떠올라. 사람들이 이 그림 그린 사람에 대해서 물어볼 때마다 난 참 자랑스럽지. 그리고 그 사람들한테 너에 대해서 그리고 네가 여행을 하며 곳곳에 그려놓은 벽화에 대해서 이야기해줘. 특히 한국 사람들이 네가 그린 벽화 앞에서 사진 많이 찍어 가더라! 항상 행운이 함께하길. - 아나."

리마를 떠나고 몇 달 후 아나에게 받은 페이스북 메시지.

택시

남미로 가면서 스페인어 책을 한 권 샀다. 그리고 가이드북 뒤에 나와 있는 '필수 스페인어'도 들고 다니기 좋게 복사를 해왔다. 그러나 페루로 오는 비행기 안에서의 그 긴 시간 동안에도, 게스트하우스에서 아무것도 하지 않고 보낸 시간 동안에도 겨우 1부터 10까지 숫자조차 외우지 못했다.

버스터미널로 가기 위해 택시를 탔다.

갑자기 차 문을 열고 강도가 들어온다거나 기사가 강도로 돌변한다는 이야기를 너무 많이 들어서 잔뜩 긴장한 채 차 문을 걸어 잠그고 가방을 품에 꽉 껴안았다.

“아블라 에스빠뇰?(스페인어 할 줄 아니?)”

갑자기 택시기사가 말을 걸었다.

“노 아블라 에스빠뇰.(못해요.)”

그러더니 기사 아저씨가 갑자기 핸들을 잡은 손가락을 하나씩 펴면서 “우노, 도스, 뜨레스!(일, 이, 삼!)”를 외친다.

너무 긴장하고 있던 터라 깜짝 놀란 채 나도 모르게 같이 따라 외친다.

“우노, 도스, 뜨레스!”

겨우 십여 분 강제 아닌 강제로 1부터 10까지 외웠다. 그러더니 함께 달리는 차 번호판을 읽어보란다. 힘겹게 다 읽고 나면 다른 차를 가리킨다. 그리고 난 왜 시키는 대로 따라 하는지 모르겠지만 다시 힘겹게 읽는다.

곧 터미널에 도착하고 택시에 내렸을 즈음엔 어느새 1에서 10까지 뿐이지만 숫자를 읽을 수 있게 되었다.

“그라시아스!(감사합니다!)”

누군가 남미 택시에 대해서 물으면 대답했다.

“가끔은 기사가 강도가 되기도 하고 짐을 실은 채 도망도 가지만 운이 좋다면 스페인어 선생님을 만날 수도 있지!”

괜찮은데

"여긴 우리랑 있으니까 괜찮은데,
다른 곳에서 다른 사람들은 항상 조심해."
지나고 나니 참 다행이다.
다사다난하다는 남미에서 언제나
'우리랑 있으니 괜찮은데….'
라고 말하는 사람들만 만나서.

영화 속 풍경 같은 아르메스 광장 벤치에 누워
마치 주인공인 척 파란 하늘을 바라본다.

순간 어디선가 경찰이 불쑥 나타나 격한 손짓으로 말한다.
"얼른 일어나세요!"

초인종

그래, 그날은 비가 왔던 날이구나.

쿠스코 언덕 높은 곳 '홈 스위트 홈'에 머물 때 친구들과 식재료를 사다가 저녁을 해먹곤 했다. 그날도 시장과 구멍가게에서 사온 식재료를 봉투에 담아 양손 가득 들고 골목 계단을 올랐다. 하필 마지막 계단참 즈음에서 갑자기 비가 쏟아졌다. 숨을 가다듬을 새도 없이 비를 피해 계단을 뛰어올라 서둘러 초인종을 눌렀지만 그날따라 아무도 문을 열어주지 않았다. 할 수 없이 우리는 좁은 처마 밑에서 누군가가 문을 열어주기를 하염없이 기다려야만 했다.

처마를 따라 떨어지는 빗방울을 멍하니 바라보다 문득 매일 눌렀던 초인종이 새삼스러웠다. 숙소의 초인종을 누르던 게 이곳이 처음은 아니었는데도. 그리고 혼자 중얼거렸다.

"여기 참 집 같다. 어릴 때 살던 집. 초인종을 누르고 누굴 기다리니까."

이젠 집집마다 달려 있는 번호키 같은 건 볼 수 없던 시절, 학교가 끝나고 열쇠를 깜빡한 날이면 하염없이 엄마를 기다려야 했던 집. 그러고 보니 그런 날은 꼭 오늘처럼 비가 왔었지.

이렇게 지난 시간을 생각하다 보니 주인 루이스가 졸린 눈을 비비며 문을 열어주었다.

"미안. 깜빡 졸았어. 그런데 뭘 또 그렇게 많이 사 들고 왔어?"

루이스의 인사에 내가 대답했다.

"오늘은 한국 닭 요리. 이따가 같이 먹을래?"

나의 물음에 루이스는 시원스럽게 "OK"라고 대답했다.

달콤한 집이란 게 별 게 있을까. 이렇게 초인종을 누르고 문을 열어주며 인사하고 함께 밥을 먹으면 그곳이 따뜻하고 달콤한 집이겠지.

'Home Sweet Home'

새삼 호스텔 이름이 이곳과 참 잘 어울린다고 생각했다.

C U S C O ,   P E R U

함께 그린 그림

"혹시 디자이너시면 미대 나왔어요?"

"네."

"저 벽화 그리는데 같이 그릴래요?"

"아뇨, 저는 배탈이 나서 좀 쉴게요."

"그러지 말고 잠깐 나와봐요!"

나는 침대 위에서 쉬려는 그 친구를 억지로 데리고 나와 펜을 쥐여줬다.

"쿠스코가 꼭 구름 위 도시 같잖아요. 그래서 이렇게 이렇게 그리고 싶어요."

나는 작은 수첩에 대강 스케치를 하며 설명했다. 그리고 덧붙였다.

"꼭 이대로 그리자는 건 아니니까 편하게 마음대로 같이 그려봐요."

그림을 그리기 싫다던 친구는 어느새 진지하게 벽화를 그리고 있었고

비슷한 듯 서로 다른 그림이 얽히면서 완성되어갔다.

혼자 그림을 그리는 데 익숙한 우리였지만

금세 같이 그리는 재미를 알아간다.

여행 중 처음 함께 그린 그림. 혼자는 편하지만 함께는 즐겁다.

20120330-310.C
CUZCO. PER

초조

쿠스코 숙소, 해발 3,500미터.

늦은 밤 갑자기 숨이 막혀 잠에서 깬다.

십 여 분간 숨을 깊게 들이쉬고 최대한 내뱉으며 호흡을 조절한다. 고산에 적응했다 싶었는데, 어제의 피곤함 때문인지 또다시 숨 때문에 고생이다. 숨을 되찾고 잠시 깬 틈에 핸드폰으로 SNS에 접속한다.

어느새 친구들의 자기소개 학력란에는 서울대 같은 명문 대학교의 대학원이 추가되고 근무지란에는 우리나라에서 손에 꼽히는 기업 이름이 올라가기 시작한다. 그리고 가능한 언어에는 어느덧 삼 개 국어 정도가 등록되어 있다.

여행 중이면서도 이런 것들이 나를 초조하게 만든다. 그리고 그 친구들은 반대로 나의 여행을 바라보며 부러워한다. 이렇게 우리는 언제나 계속해서 서로를 부러워하고 스스로 초조해하고 있다.

2012.03.28_310'c
- OVER THE CLOUD.
- 구름 너머로. 삼일공.

조금 먼 곳으로 나들이를 나갔다가
로컬 버스를 타고 숙소로 돌아가는 길.
일행의 통역으로 한 꼬마에게 장난스럽게 물었다.
멀리 있는 다른 동행을 가리키며
"저 사람이 멋있어? 내가 멋있어?"
당연히 웃으며 '가까이' 있는 나를 가리킬 줄 알았는데
저 멀리 있는 그를 가리킨다. 그것도 손가락에 힘을 꽉 주며.
옆에서 웃음을 참는 일행은 스페인어로 이유를 물었고
꼬마는 "키가 너무 커서"라고 대답한다.
의외라는 표정을 지으니 옆에 있는 아저씨가
"페루에서 키 큰 사람은 별로 인기 없어."
라고 대신 설명한다.

"걘 키가 너무 커서 싫어."
여드름 가득한 고등학생 시절,
열심히 쫓아다녔던 그녀가 했던 말만큼이나 서글펐다.

기차를 타고 버스를 타고 채 몇 분 걸었을 뿐인데 마추픽추가 바로 앞에 서 있다. 마치, 어제 주문한 물건이 오늘 택배로 도착하듯 내가 이곳까지 배달된 느낌이었다. 마추픽추가 내게로 배달되었거나.
밀림을 한참 헤쳐 나가야 도착할 거라고 생각한 곳이 이렇게 너무 쉽게 모습을 드러내니 김이 빠졌다. 그래서 이곳은 기다리던 택배가 도착했을 때만큼만 감동스러웠다.
대강 마추픽추를 한 바퀴 둘러보고 나서 미리 예약해놓은 입장권을 들고 마추픽추 옆 산 '와이나픽추'에 올랐다. 한 시간이 넘도록 몇 번이나 '포기'를 포기하며 힘겹게 정상에 도착했다. 그리고 한참을 기다리니 짙은 안개 사이로 마추픽추가 나타났다. 이제야 상상하던 만큼의 감동이 밀려왔다.
이렇게 여행의 감동은 늘,
'그곳'이 아닌 그곳에 가는 길 위에 있다.

선물

노래를 부르는 한 여행자에게

동전을 놓는 대신에

그녀의 사진을 찍고 뽑아

그녀 앞에 놓고 왔다.

쌓여 있는 동전들 사이로

반가운 선물이 되길.

Plazoleta
Jesus Lamberti

빛이 흐르는 벽에서

그저,

천창에서 떨어지는 빛이 너무 마음에 들어

그곳에 그림을 그리기로 했다.

계단에서 그림을 그리니

유난히 더 많은 여행자들과 인사를 했다.

그런 시간이

벽을 타고 흘러내리는 빛만큼 좋았다.

SALIDA

A R E Q U I P A ,   P E R U

묘한
쾌감

결코 서두르지 않고 언제나 느긋한 사람들이라는 선입견을
조금 더 가난한 나라의, 조금 더 어두운 피부를 가진
사람들에게 뒤집어씌웠다.
마치 유럽 어딘가에 사는 사람들이
아시아 사람들은 모두 소심하고 부끄러움이 많다고
생각하는 것처럼.

페루 국경도시로 가는 버스 출발이 늦어졌다. 버스 승객 중 반은 여행객이었고 반은 인디오 아주머니들이었다. 여행객들은 이미 자신

들의 나라와 여행지에서의 시간 개념이 '다를 수 있다'에 대해서 익숙해졌는지 늦은 출발에 대해서 아무런 반응 없이 아침으로 챙긴 빵을 먹거나 책을 읽거나 자기들끼리 이야기를 나누며 시간을 때우고 있었다.

"쾅! 쾅! 쾅!"

그때, 갑자기 한 인디오 아주머니가 창문을 거칠게 두드리며 "바모스!!!(출발!!!)" 하고 소리쳤다.

그 소리는 꾹꾹 짜증을 참고 있던 다른 아주머니들의 분통을 터뜨렸고 다 같이 창문을 두들기며 "바모스!!!"를 외쳐댔다.

아!

좋건 나쁘건,

누군가에 대한 선입견이 깨진다는 것은

묘한 쾌감이다!

누구나 늦으면 짜증 나는 법이다.

SALA DE UYUNI, BOLIVIA

가보기 전부터
오래도록 상상했던
이야기

우유니.

흰 사막 혹은 새하얀 바다.

아주 오래전 깊은 바다였던 이곳은 서서히 위로 솟아 소금사막이 되었다고 한다. 그리고 1년 중 오로지 몇 달 동안만 빗물을 머금고 하늘을 반사시키며 형용할 수 없는 풍경을 만들어낸다. 많은 이들이 그 모습이 담긴 사진이나 다큐멘터리를 보고 이곳에 오기를 꿈꾸었다고 말한다.

그러나 나는 이곳의 이름도 모르던 때, 한 친구 때문에 무작정 우유니를 보고 싶다는 생각을 했다. 오래전 첫사랑이라거나 첫 연애라고 부르기에는 너무 미숙한 사이였던 그 친구 때문에.

대강 어림잡아 헤아려보면 이삼십대 열에 아홉 정도는 미니홈피를 가지고 있었을 것이고 (물론 지금은 그 대신 다른 SNS를 하지만) 그 아홉 중 여덟은 가슴 아프거나 그저 그런 이별을 적어도 한 번쯤은 해봤겠지. 게다가 헤어진 상대의 미니홈피에도 몰래 들어가 보고.

나도 케케묵은 방명록을 뒤져 그 친구의 미니홈피에 가본 적이 있다. 그녀는 그곳에 "꼭 한 번 가보고 싶은 곳. 남미, 소금사막"이라고 마치 인생의 최종 목표마냥 장엄하게 써놓았다. 아니 장엄하게 내가 읽었다. 그렇게 그녀 덕분에 우유니라는 곳을 알게 됐다. 그리고 그 사람이 그립다거나 아련한 감정은 아니었지만 왠지 그곳에 가면 우연히 정말 우연히 그녀를 마주칠 수 있을 것만 같았다.

만나게 되면, 아마도 난 고개를 조금 내밀고 살짝 눈을 찡그려 빤히 바라보다가 한 2초 정도 잠시 침을 꼴깍 삼킨다든지, 숨을 깊게 들이마시고는 아무렇지 않게 "안녕? 오랜만이야"라고 이야기할 거라 생각했다.

볼리비아에 도착하자마자 우유니에 큰비가 내렸다는 소식을 들었다. 그곳엔 조금 천천히 가고 싶었지만 하늘이 비치는 우유니를 꼭 보고 싶었기에, 그리고 지금은 건기가 시작될 무렵이라 다시 비를 기다리기 힘들다는 것을 알았기에 무작정 열여섯 시간 정도 버스를 타고 우유니로 달려갔다.

다행히 그 소식은 사실이었고 하늘을 머금은 우유니의 풍경은 아름다웠다. 하늘과 땅이 구분되지 않는 풍경, 그리고 그 사이를 거닐 수 있는 황홀함. 모든 것이 비현실적이었다. 카메라로 도무지 담을 수 없는 꿈같은 풍경 속에서 3일간의 시간을 일행들과 아름답게 보냈다. 그리고 마침내 우유니 여행의 끝으로 칠레 국경에 도착했다.

이제 칠레로 넘어갈 시간.

그러나 일행들에겐 "미안하지만 난 우유니 마을로 돌아갈 거예요. 기다리는 사람이 있어요"라고 거짓말을 했다.

"약속 있었어요? 말 안 했잖아요."

"아니, 약속은 아닌데 그냥 하루만 더 기다리면 만날 수 있을 것만 같아서. 그래서 하루만 더 기다리고 싶어요."

겨울철 내 손등만큼이나 건조하게 다시 거짓말을 했다.

여덟 시간 정도 다시 비포장도로를 달려 우유니 마을로 돌아왔다. 3일 동안 함께 여행했던 일행도, 오랫동안 함께 여행했던 동행도 없이 혼자 원래 묵었던 호스텔로 돌아왔다. 한 달여 만에 혼자 밥을 먹고, 방문을 열고, 창문 밖을 아무 말 없이 바라봤다. 이런 혼자만의 시간이 어색하기만 했다. 그래서 괜히 읽히지도 않는 책을 펼쳤다 카메라 속 사진을 넘겨보다 외롭게 잠이 들었다.

평소보다 일찍 잠들었는데도 다음 날 해가 다 떠서야 느지막하게 일어나 대강 세수를 하고 주섬주섬 옷을 챙겨 입었다. 그리고 담배를 하나 물고 잠시 바람 쐬러 문밖으로 나섰다. 햇빛은 따가웠고 바람은

차가웠다. 어차피 날씨에 대해서 말할 사람도 없으니 아무 말 없이 페인트가 벗겨진 벽에 기대어 담배에 불을 붙였다. 그리고 열한 번 반 정도 담배를 들이켰다 내뱉고, 재를 털고 다시 숨을 삼켰다. 텅 빈 담배꽁초를 한 손에 들고 새파랗게 마른하늘을 멍하니 바라보았다.

그렇게 홀로 한참 서 있다 약간의 인기척에 옆을 돌아봤다. 그리고 나는 살짝 눈을 찡그리고 고개를 조금 내밀고 2초 정도 숨을 깊게 들이마시고는 말했다.

"안녕? 오랜만이네."

여행이란 것

나를 찾는다거나,
생각할 시간을 갖는다거나,
인생을 바꾼다거나,
그런 심각한 거 말고,
분위기에 휩쓸려
아마존 강물에 뛰어들고
분홍 돌고래와 수영한다는 것.
딱 그 정도면 충분.

LA PAZ, BOLIVIA

라파즈에서
새로운 친구들을
만난 날

오늘은 라파즈에서 새로운 친구를 만난 이야기를 해줄게요.

꽤 쌀쌀한 날이었지만 돌아오는 길에 샌프란시스코 광장 구석에 앉아서 성당을 그렸어요. 한참 그리다 보니, 해가 성당 뒤로 넘어가 버려 성당이 잘 보이지 않게 되었습니다. 그래서 잠시 구름이 해를 가려주기를 기다리며 넋 놓고 광장을 바라보는데 한 꼬마 녀석이 어떤 아저씨 구두를 닦고 있네요. 당신도 알다시피 보통 구두를 닦는 큰 녀석들은 얼굴을 꽁꽁 싸매고 일을 하는데 이 꼬마 녀석은 그저 맨 얼굴로 헤헤 웃으며 구두를 닦고 있었어요.

그때 즈음 구름이 해를 가려주고 나는 다시 그림을 그리며 스케치북과 성당을 번갈아 쳐다보다가 그 꼬마 녀석과 눈이 마주쳤습니다. 당연히 서로 시선을 피하겠거니 했는데 녀석은 머리 긴 동양인이 구석에 앉아 무언가 하고 있으니 호기심이 생겼나 봅니다. 시선을 피하지 않고 생긋 웃더군요. 어찌 그런 미소를 받고 모른 척 고개를 돌릴 수 있겠어요. 그래서 '이리 와' 하고 손짓을 했더니 어느새 보이지 않던 동생 녀석까지 쪼르르 달려옵니다. 커다란 구두닦이 통을 들고.

"이리 앉아봐."

손짓을 하니 녀석들이 바닥에 털썩 앉습니다. 그리고 나는 그림을 그리던 큰 스케치북을 덮고 작은 스케치북을 꺼냈어요. 몇 장 남지 않아서 무척 아끼던 녀석을 말입니다. 그리고 아이들 얼굴을 그려줬습니다. 보통 때 같으면 약간의 장난기에 조금 더 우스꽝스럽게 그렸겠지만 이번에는 구두약에 덮인 그 맑은 눈과 미소를 제대로 그려주고 싶었습니다. 그런데 아직 그럴 만한 재주가 없어 또다시 별 볼 일 없게 그려버렸네요. 실력이 부족한 것이 그날따라 참 서글펐습니다. 그래도 녀석들은 이 작은 선물이 꽤나 마음에 들었나 봅니다. 자기들끼리 그림을 자기 얼굴에 대보며 킥킥대고 웃습니다.

나중엔 작은 녀석이 내 무릎 위에 아주 앉고 내 큰 스케치북을 넘겨봅니다. 그리고 내가 그리던 성당을 보고 "여기다!" 하고 손가락으로 성당을 가리키다가 아예 제 스케치북을 제 손으로 들고 갑니다. 잠시 후 돌아온 스케치북에는 녀석 손에 잔뜩 묻어 있던 구두약 때문에 손가락 하나가 선명하게 찍혀 돌아왔습니다. 게다가 먹던 아이스크림까지 떨어져 그림 군데군데가 번져버렸죠. 평소 같으면 잔뜩 화가 날 일이었는데 이상하게 아무렇지도 않았습니다. 오히려, 이 그림을 볼 때마다 녀석들이 기억나겠구나, 그래서 잘됐구나 싶었지요. 아이들이 스케치북을 모두 구경하고 나서는 항상 그렇듯 나는 얼굴 그림과 녀석들을 찍은 다음에 작은 휴대용 포토프린터로 아이들 사진을 뽑아주었습니다. 녀석들은 그림보다도 사진을 더 좋아하네요.

"차오! 차오!"

우리는 인사를 하고 헤어졌습니다. 그러고 나는 다시 앉아서 약간 쌀쌀한 바람을 맞으며 그림을 마저 그렸습니다. 해질 무렵 그림을 완성하고 주섬주섬 짐을 챙기려 하는데 다시 그 꼬마 녀석들이 돌아옵니다. 그리고 수줍게 검은 손으로 웬 비닐봉지를 내밉니다. 받아보니 아직 식지 않은 작은 팬케이크가 담겨 있었어요. 그새 이걸 내게 주겠다고 어딘가에서 급하게 사왔나 봅니다. 팬케이크를 바라보니 아까 거리에 앉아서 구두를 닦던 모습과 그 작고 검은 손이 겹쳐서 순간 어찌나 눈물이 나려던지 혼났습니다.

그동안 그림을 그리면서 많은 선물과 대가를 받아봤습니다. 꽤 큰 돈을 받아보기도 했고 맛있는 밥을 얻어먹기도 하고 귀한 선물을 받아보기도 했습니다. 그런데 이 팬케이크가 지금까지 받아봤던 선물 중 가장 소중한 선물입니다. 그리고 아마 앞으로도 가장 소중한 선물로 남을 것입니다. 오늘도 이렇게, 다시 만날 수 있을지는 모르지만, 라파즈에서 새로운 친구들을 만났습니다.

20120505_ 310°C
_LA PAZ. BOLIVIA

그리워졌다

여행이 길어지다 보니

집 밥만 그리운 것이 아니라

지난 도시가,

지난 사람들이

그리고

함께 먹었던 음식들이

그리워졌다.

각자의 시선

"여기에 화장품을 수입하면 좋을 거 같아요. 다들 화장품을 길거리 시장에서 파는데 한국처럼 전문 매장이 있으면 대박 날 거 같지 않아요?"

무역을 공부한다는 친구가 이야기했다.

여행을 다니면서 한 번도 생각해보지 못한 이야기였다.

만약 그가

의사였더라면 그 나라 사람들의 건강이 보였을까?

음악가였더라면 매 순간 들리는 길거리 음악이 다르게 들렸을까?

이렇게 모두가 각자의 시선으로 여행을 하고 있다.

El Jardin Hostal

시간이 지나면 여행의 많은 기억 중 아름다운 것들만 남는다. 혹은 아름답게 왜곡되어 기억된다. 배낭을 메고 몇 시간 동안 빈방을 찾아 헤맸던 기억도, 가게 앞에서 언제나 얇은 지갑 속의 지폐를 세면서 수없이 망설였을 때도, 여러 사람과 한방에 어울려 깔깔대다가 잠이 들 때도, 그리고 아픈 날 한식당 앞에서 구수한 된장찌개 냄새만 맡고 발길을 돌렸던 기억도 이제는 모두 아름답다. 가끔은 그곳의 풍경이, 만난 사람들이, 그리고 그들과 나눈 대화의 기억이 서글프거나 아리기도 하지만 시간은 그 기억들을 아름답게 잘 포장해준다.

하지만 그 아름다운 기억은 굳어버린 콘크리트처럼 단단하지 않아 손을 집어넣어 조금만 세심하게 지난 여행을 더듬어보면 지독한 배변 욕구와 화장실, 그것들이 저 밑바닥에서 수줍게 떠오른다.

버스를 타기 전에는 언제나 물을 최소한으로 마시고 몇 번이나 화장실에서 바지를 내리고 앉아 내 배가 완전히 비었는지 확인해야만 했다. 버스가 한창 달리던 중 소변이 급해 차 좀 제발 세워달라고 애원해본 적도 있고, 무심한 반응에 손바닥에 소변 보는 사람 그림을 그려 말이 통하지 않는 운전기사 팔을 붙잡고 울먹여본 적도 있다.

장거리 버스가 잠시 정차하면 남자들은 버스에서 내려 버스를 등지고 한 줄로 길게 서 소변을 시원하게 봤다. 그때 바라보던 쪽에서 차가 달려오기라도 하면 단체로 동시에 몸을 돌리는데 그 모습이 꼭 놀란 오리떼처럼 우스웠다.

어떤 날은 여자 여행자가 사람들의 시선을 피해 산속 깊이 들어갔다가 차가 출발해버리기도 했다. 그래도 다행히 누군가 "한 명이 안 왔어요!"라고 소리를 질러 간신히 그녀를 구원해냈다. 아마 그녀는 드르릉 시동 거는 소리에 허겁지겁 챙겨 입고 오느라 제대로 뒤처리도 못하고 바지를 올렸을지도 모른다.

어디 길에서만 문제였을까? 그놈의 화장실은 우리의 우아한 여행 기억에서 늘 오점으로 남는다. 값비싼 여행이 아니면 여행 중 반짝반짝 빛나는 나만의 화장실을 소유하기란 거의 불가능하다. 큰맘 먹고 화장실 딸린 조금 더 비싼 방을 빌리더라도 반짝이는 외관 곳곳에 문제점들이 숨은 그림 찾기처럼 숨어 있다. 수도꼭지에서 녹물이 나온다거나 샤워기의 물이 졸졸 흐른다거나 벌레가 우수수 쏟아진다거나!

그 정도의 화장실도 없는 좁은 방이나 도미토리 룸에서 지낸다면 공동 화장실의 불편함을 기꺼이 감수해야 한다. 칸막이로 나눠진 남녀공용 화장실을 쓸 때는 얇은 합판 너머 인기척이 여자인지 남자인지 구분할 수 없어 변기에 앉은 채 예민하게 힘 조절을 해야만 했다. 그리고 가정집 화장실처럼 한 번에 한 사람밖에 못 쓰는 화장실을 쓸 때는 아름답지 못한 향기를 두고 나올 때마다 '혹시라도 문 앞에 여자가 초조한 얼굴로 휴지를 부여잡고 기다리고 있으면 참 민망할 텐데…' 하고 걱정해야만 했다.

남자에게도 화장실 문제는 이렇게 신경 쓰이는데 여자 여행자는 얼마나 신경이 쓰일까? 여행을 하면서 이렇게 화장실에 대한 신경전을 벌이면서 욕구불만이 잠재의식 속에 쌓여갔다. 그래서 어딘가 호텔이 아니더라도 게스트하우스 혹은 호스텔에도 아름다운 화장실이 존재할 거란 실현 가능성 없는 상상을 했다.

사실 화장실에 대한 묘한 집착은 여행 전부터 시작되었다. 건축을 공부하면서 자연스럽게 인테리어에 관심이 많았고 인테리어의 마지막 완성은 훌륭한 화장실이라 생각했다. 날씨 좋은 날 홍대 앞의 그럴듯한 카페를 돌아다니면서 화장실까지 세세하게 신경 쓴 곳을 발견할 때는 그 세심함에 반해 괜히 커피 맛까지 다르게 느껴졌지만, 유난스러운 인테리어 뒤로 엉성하게 방치된 화장실을 만날 때는 반쯤 먹은

케이크에 박힌 벌레를 보는 것만큼이나 큰 실망감이 밀려왔다.

볼리비아 수도 라파즈의 한 숙소에 머무르면서 칠레로 가야 할까 아르헨티나로 가야 할까 고민하고 있을 때 한 신혼부부가 말했다.

"파라과이에 가면 떡볶이를 먹을 수 있어요!"

"떡볶이요?"

"아순시온은 한때 남미에서 가장 한국인이 많은 도시였대요. 지금은 많이 줄었지만 여전히 한국 사람들이 많이 살고 있고 한국 식품점, 분식점도 있어요!"

가끔은 이렇게 사소한 한마디가 여행의 목적지를 바꿔놓는다. 그렇게 나는 '떡볶이'라는 한 단어에 홀려 대부분의 사람들이 자연스럽게 볼리비아 다음으로 가는 칠레도 아르헨티나도 아닌 파라과이로 2박 3일 동안 버스를 타고 가게 되었다. 비자 만료 날 급하게 먼 길을 돌아 볼리비아를 빠져나오느라 막상 파라과이 수도인 아순시온에 도착했을 땐 그 어떤 정보도 알지 못했다.

"아순시온입니다."

이미 어두워진 시간에 버스는 멈춰 섰고, 어디로 가야 할지 모르는 나는 얼떨결에 유럽에서 온 키가 2미터도 넘는 녀석을 따라갈 수밖에 없었다. 그렇게 'El Jardin Hostal'이라는 숙소에 도착했다. 이곳도 여느 남미 호스텔처럼 입구는 철문으로 굳게 닫혀 있었고 초인종을 누르자 턱수염을 길게 기른 풍채 좋은 주인 토마스가 나왔다. 리셉션에서 하나하나 설명해주는 그의 말투가 꼼꼼했고 차분했다. 어두운 조명 사이로 비치는 호스텔은 한눈에 보기에도 지금까지 머물렀던 다른 숙소와 다르게 깔끔했지만 그만큼 비쌌다. 예상 밖의 가격이었지만 이 시간에 어쩔 수 없으니 하루만 묵고 내일 다른 숙소를 찾아봐야겠다고 생각하며 체크인을 했다.

짐을 풀고 샤워를 하러 옷과 샤워 도구를 주섬주섬 챙겨 화장실로 가니… 그 모습에 감동할 수밖에 없었다! 남녀 화장실이 구분되어 있었다! 그리고 화장실이 너무 완벽했다. (보통 배낭여행자들이 묶는 숙소는 남녀공용 화장실이 대부분이다.)

깔끔하고 짙은 회색 모르타르로 마감된 벽, 그리고 샤워실 사이에 옷을 벗고 보관할 수 있는 공간까지. 이렇게 세세하게 여행자를 배려하는 화장실과 샤워실은 처음이었다. 이 화장실을 신사동 가로수길의 어느 레스토랑에 옮겨놓아도 전혀 어색하지 않을 것 같았다.

조금 전 만난 주인 토마스의 인상이 조금 딱딱하다 싶었는데 이 화장실을 보고 나니 그가 배려 깊고 감각 있는 남자로 달리 보였다. 이렇게 공간은 관리하는 사람조차 다르게 보이게 만든다.

떡볶이를 먹으러 간 파라과이였는데 떡볶이보다 더 소중한 보물을 만난 기분이었다. 이런 화장실을 만나기 위해 내가 이곳 파라과이까지 오게 되었구나! 그렇게 빛나는 샤워실에서 기분 좋은 샤워를 하고 잠이 들었다.

다음 날 아침 호스텔을 둘러보니 화장실뿐만 아니라 이곳저곳 토마스가 세세하게 신경 쓴 노력의 손길들을 느낄 수 있었다. 특히 남미의 햇볕이 한가득 쏟아지는 중정(중앙정원)은 이 호스텔에서 가장 멋진 공간이었다. 그 중정 한쪽, 토마스는 넘쳐나는 햇볕 아래에서 책을 읽으며 마떼차를 마시고 있었다. 그에게 다가가 말을 걸었다.

"토마스, 이 호스텔 참 좋네요."

"응 호스텔 연 지 얼마 안 됐어. 지금 여자친구랑 조금씩 조금씩 다듬어가는 중이야. 마떼차 한 잔 하겠나?"

그렇게 서로 마떼차를 나눠 마시며 호스텔과 토마스 삶에 대한 이야기를 계속했다. 그리고 나는 지난 여행 이야기를 하다가 그동안 벽화를 그리고 호스텔 주인 친구들에게 받았던 편지를 적은 수첩을 토마스에게 보여주며 말했다.

"토마스, 괜찮다면 이 호스텔에 그림 그려도 될까요?"

"물론! 요즘 벽화가 필요해서 계속 아티스트들 구하고 있었는데! 건물 밖 벽에 그린 벽화도 얼마 전에 이곳 예술가들이 와서 그린 거야. 네가 그려준다면 우리야 환영이지! 작업하는 동안 방값은 걱정하지 마!"

점잖은 얼굴에 살짝 흥분된 표정으로 그는 나를 출입구 쪽으로 데려갔고 걸려 있던 액자를 떼면서 말했다.

"여기에 그림을 그려줬으면 좋겠어."

그러나 나는 마치 첫사랑에게 고백하는 것만큼 수줍게 물었다.

"토마스, 사실, 나 저 화장실이 너무 좋아요. 지금까지 다녔던 호스텔에서 본 화장실 중 최고예요. 너무 마음에 드는 곳이에요. 거기에 그림을 그리면 안 될까요?"

"화장실?"

생각지도 못한 장소에 토마스는 살짝 당황한 듯 보였지만 나의 화장실 예찬론을 들으며 고개를 끄덕였다. 그렇게 이틀 동안 화장실에 파묻혀 그곳에 커다란 꽃을 피웠다.

"벽화를 그리고 영어로만 써놓지 말고 한글로도 제목을 써놨으면 좋겠어. 그래야 한국 사람들이 보고 반가워할 테니까!"

언젠가 누군가 이야기했다. 화장실 벽화를 다 그리고 이 말이 떠올랐다. 그래서 '능이버섯. 삼일공.'이라고 제목을 써놨더니, 아주 적지만 몇 명이 인터넷을 통해 벽화를 잘 봤다는 반가운 인사를 전해주었다.

잘 썼다. 한글!

마떼차를 함께 마시는 방법

호스텔 정원에 둘이 앉아 이야기를 하면서 토마스는 계속해서 마떼잔에 물을 부어 내게 마떼잔을 건냈다. 잔을 받을 때마다 "그라시아스!(감사합니다.)"라고 인사하니 토마스가 말했다.

"마떼는 원래 이렇게 여러 사람들이 계속해서 돌려 마셔, 한 컵으로. 그리고 매번 '그라시아스'라고 할 필요 없어. 이제 더 이상 마시기 싫을 때, 마지막 잔을 받으면서 '그라시아스' 하면 되는 거지."

이유

비가 올 거란 예보와 다르게 다행히도 맑은 날씨의 이과수 폭포를 보았다. 이과수의 하늘은 파랬고 그곳에 무지개까지 나타났다. 그리고 파라과이에서 만난 친구가 신기루처럼 폭포 앞에 서 있었다.
그러나 한 시간 늦은 파라과이 시간에 맞춰진 시계 탓에 여러 코스들 중 겨우 한 코스밖에 보지 못했다. 그래서 내일 다시 오거나 브라질 쪽 이과수를 보러 갈까 고민 하다가,
"나중에 결혼하면 그 사람이랑 다시 오자."
라고 중얼거리곤 돌아섰다.
여러 곳에 여지를 남겨놔야, 다음 번에 어디선가 멋진 이유가 될 테니까.

벽화 그리러 왔어요

"요즘, 여행이 지치기도 하고, 한국이 그립기도 하고, 돌아가고 싶기도 했는데, 이렇게 한인 호스텔에서 한국 사람들이랑 한국 음식 먹으면서 어울리니까 참 좋다. 에너지가 충전되는 기분이야. 한국에 잠깐 돌아온 느낌 같기도 하고. 사실, 그동안 일부러 한인 숙소에서는 거의 안 지냈는데, 가끔씩 들러야겠어."

2년 가까이 여행을 하고 있다던 여행자가 말했다. 그녀의 말처럼 한인 숙소는 그런 힘을 가지고 있다. 아무리 즐거운 여행이라 해도 어쩔 수 없이 그리워지는, 같은 말을 쓰는 사람들끼리만 느낄 수 있는 안락한 충족감, 그것을 채워주는 힘. 특히 한국 여행자들과 한인

숙소가 그리 많지 않은 남미라 이곳 '호스텔 남미사랑'은 그 힘이 더 강하게 느껴졌다.

남미사랑은 여행을 하다가 부에노스아이레스에서 잠시 멈춘 어느 가족의 보금자리이자 호스텔이다. 아르헨티나로 가기 직전, 사실 약간의 욕심을 담아 페루에서 벽화를 그렸던 이야기를 남미사랑 홈페이지 여행기란에 올렸다. 그리고 만약 주인이 "우리 호스텔에도 벽화 하나 그려주시죠?"라는 빈말 섞인 댓글을 남겨준다면 그 빈말을 염치없이 덥석 물어 침대 하나 정도 내어달라고 할 요량이었다.

여행할 경비는 아직 남아 있었지만, 남미를 여행할 예산은 거의 바닥을 드러내고 있었기에 약간의 절박함도 섞여 있었다. 게다가 돈 문제가 아니더라도 남미를 여행하는 한국 여행자의 반 정도는 머물다 갈 이곳에 내 그림을 그리고 싶은 욕심이 났다. 나중에 이곳에 들를 친구에게 "내가 그린 벽화 아직 잘 있나 보고 와줘"라고 인사할 수 있도록.

다행히 바로 다음 날 "우리 호스텔도 벽화를 애타게 기다리고 있습니다"라고 사장님이 댓글을 다셨고 나는 '애타게'라는 말에 용기를 얻어 바로 언제 부에노스아이레스에 도착할지, 얼마나 머무를지를 메일로 보냈다. 물론 그림 값으로 그림을 그리는 동안만이라도 빈 침대에서 재워주셨으면 좋겠다는 말과 함께.

그리고 '다행하지 않게' 답장 메일은 오지 않았다.

그럼에도 불구하고 사장님이 벽화를 기다린다 했으니 마음대로

호스텔로 찾아가기로 했다. 도착한 부에노스아이레스에는 비가 많이 내렸다. 남미사랑의 문을 열어준 매니저는 친절하게 호스텔을 안내해주었다. 그리고 몇 가지 규칙을 알려주며 꼭 지켜주길 부탁했다. 안내가 끝나고 다시 테이블에 앉아 여권 번호와 이름을 적는 동안 매니저가 이야기했다.

"숙박비는 선불입니다."

'역시 벽화 그려달라는 말은 빈말이었구나' 하고 당황했지만 침착하게 대답했다.

"혹시 사장님께 무슨 이야기 못 들으셨나요? 사장님이 벽화를 부탁하셨는데."

당연히 호스텔 매니저는 그런 이야기를 못 들었다고 했다. 그리고 아마도 사장님 가족이 그 즈음 한국에 잠시 갈 준비를 하느라 정신이 없어서 이야기를 못해줬을 것이라고 이야기했다. 웃고 있지만 의심의 눈빛이 가득한 매니저에게 부탁했다.

"사장님께 연락이 오거든 벽화에 대해서 좀 여쭤봐주세요."

숙박비도 내지 않은 불청객으로 며칠을 지내고 나서야 매니저를 통해 사장님의 '어디든, 무엇이든, 그리고 싶은 대로' 그려달라는 부탁을 전해 들었다. 그리고 '머물고 싶은 만큼' 머무르라는 백지 수표도!

여행 중 지금까지 받았던 최고의 대우였다.

그리고 마침내 호스텔 매니저들의 '의심스러운' 눈빛도 사라졌다.

BUENOS AIRES, ARGENTINA

여행과
이별

"이 벽화의 제목은 뭐예요?"

"〈내가 만약 여행을 떠나지 않았더라면, 너도 나를 떠나지 않았을까?〉예요."

"사연이 있는 그림인가 봐요."

"사연이라기보다, 그냥… 여행자들의 '전' 여자친구와 남자친구에게 전하는 그림이지요!"

나는 웃으면서 대답했다.

여행 중 한 친구가 이야기했었다.

여행은 이별의 이유가 되기도 하고

때론 이별이 여행의 이유가 되기도 한다고.

"너는 너를 너무 사랑해.

그런 모습이 내가 너를 좋아했던 이유였는데

그게 결국엔 나를 다시 아프게 하네."

이 말을 처음 들었던 그는

마치 '넌 너무 이기적이야' 혹은

'넌 참 재수없는 인간이야'처럼 들렸다고 한다.

그리고 그 말이 여행 내내 자신을

오래도록 움츠러들게 만들었다고 했다.

그러나 다행히도

자신만 들었을 것이라 확신했던 그 말은

여행 중 만났던 대다수의 사람들이

누군가로부터 들었던 말이었고

대부분 그 말을 별다르게 신경 쓰지 않는다는 것이

그를 위안시켰다.

그가 이어서 이야기했다.

여행과 이별.

두 단어 모두, 각각 떨어졌을 땐 나름대로 각자의 아름다운 어감을 내는 단어들이지만, 이 두 가지가 합쳐졌을 땐, 그다지 아름답지 못한 상황을 연출해낸다고. 지루하고 합의의 가능성이 일말 보이지 않는 상호 비난과 비방 같은 대화 후엔, 떠나는 사람은 자신보다 상대방을 덜 사랑하는 이기적인 사람이 되어 있고 남는 사람은 상대방을 이해하지 못하는 속 좁은 사람이 되어버린다고.

그래서 오랜 여행은 대개
"안녕"이라는 말과 이별로 시작한다고 했다.

어느 도시에
'가봤다'가 아니라
'살아봤다'라는 것은

어느 도시에 '가봤다'가 아니라 '살아봤다'라는 것은
가이드북에 나온 카페나 레스토랑 대신에
반가운 인사를 나누는 단골 카페나 식당이 있다는 것,
어느 마트에 어떤 물건들이 더 싼지 확실히 안다는 것,
버스를 기다리다 우연히 친구를 만나 인사를 할 수 있다는 것,
그리고 내일 출근이라 이만 집으로 돌아가야겠다고 말한다거나
혹은 퇴근시간 잠시 만날 친구가 있다는 것,
정도가 아닐까?

부에노스아이레스에서 머무른 몇 주는 언제나 흐렸다. 비가 오거나 구름이 깊거나. 특히 도착한 첫날, 전에 머물던 도시에 비해 갑자기 추워진 날씨에 떨었고 잘못 적어온 호스텔 주소 때문에 추적추적 내리는 빗속에서 한참이나 헤맸다. 그래서 부에노스아이레스의 첫인상은 비가 오는 우울한 늦가을의 오후였다. 그 첫인상이 너무 강해서 간간히 하루이틀 맑은 날도 있었지만 여전히 기억 속 부에노스아이레스의 모습은 불안한 어두운 회색 도시였다.

이 도시를 떠나는 날, 비로소 완연히 파란 하늘을 보았다. 일기예보는 며칠 동안 이렇게 맑은 날씨가 이어질 거라 했다. 몇 주 동안 머물렀던 곳이었으면서도 그 모습이 너무나 어색해 공항버스 창 밖 너머로 한참이나 바라봤다. 그리고 생각했다.

'오늘 이곳에 도착한 여행자는 부에노스아이레스를 이렇게 맑은 모습으로만 기억하겠구나.'

얼마 전 부에노스아이레스에서 온 편지 마지막 줄에는 "이곳은 엄청 더워요"라고 쓰여 있었다. 더운 부에노스아이레스라니! 도무지 상상이 되지 않는다. 여름에 서울로 여행 온 외국인이 서울의 겨울을 상상할 수 없는 것과 비슷한 걸까?

그래서 그 도시에 '살아봤다'와 '가봤다'라는 또 하나의 차이는 이렇게 한 도시를 기억할 때, 한 모습만 떠올릴 수 있느냐, 아니면 여러 계절을 기억할 수 있느냐, 정도가 아닐까?

생강과 여행

사소한 물건이 있다.

지난 여행의 정확한 어느 시점과 장소로 빠져들게 하는,

때론 대단하지 않았던 장소를,

너무 평범했던 일이라 평소에 잘 떠올리지 않았던 기억을,

들춰내는 사소한 물건이 있다.

이를테면 지갑 속에서 나온 오래된 버스 티켓이나

충동적으로 사다 놓긴 했지만 도무지 누굴 줘야 할지 모를 기념품.

그리고 음식이나 식재료 같은 것들도.

갑자기 서울에 가을이 찾아온 것만 같은 날, 어머니가 시장에서 생강을 한 봉지 가득 사오셨다. 아마 며칠 전 목이 칼칼해서 생강차를 마시고 싶다고 흘렸던 말 때문일 것이다.

"어머니, 생강차 끓여드릴게요."

괜히 죄송한 마음에 검은 봉지에서 생강을 한 덩어리 집어 들면서 말했다. 찬물로 생강에 붙은 흙을 씻어내고는 익숙지 않은 칼질로 두껍게 껍질을 벗겨냈다. 그리고 잘게 저미니 노란 즙이 도마 위로 배어 나오고 달달 쌉싸름한 생강 내음이 올라왔다.

"그렇게 잘게 썰 필요 없어. 나중에 건져내기 힘들잖아."

너무 두껍게 벗겨낸 생강 껍질로 한소리 들을 줄 알았는데 생각지도 못한 부분이다. 그러나 이미 잘게 썰어버려 어찌하지 못하고 냄비에 저민 생강을 털어 넣고 물을 한가득 부었다. 가스레인지에 불을 붙이고 냄비를 바라보니 물이 보글보글 끓으며 노오랗게 물들었다. 그리고 나도 잠시 지난 여행의 기억으로 물든다.

"잉카, 왜 그래?"

함께 볼리비아 우유니를 여행했던 핀란드 친구 잉카를 수크레에서 다시 만났다. 약속하진 않았지만 둘 다 수크레에서 잠시 여행을 멈추고 스페인어를 배우고 있었다. 우리는 종종 함께 만나 점심을 먹고 가끔은 저녁시간 바에서 만나 어두운 촛불 아래에서 주사위를 굴리는 볼리비아 전통 게임을 하곤 했다.

스페인어 수업이 없던 날, 잉카의 수업이 끝날 시간을 기다리며 멍하니 앉아 광장을 바라보고 있었다. 광장을 가득 메운 비둘기를 몇몇 아이들이 쫓았다. 갑자기 날아드는 비둘기떼에 나처럼 할 일 없이 휴식을 취하던 어른들은 깜짝 놀라 짜증스럽게 아이들을 바라봤다. 그래도 어쨌든 햇살 좋은 여유로운 날이었다.

약속 시간보다 조금 늦게 잉카는 온몸을 옷과 목도리로 돌돌 싸매곤 코를 훌쩍거리며 나타났다. 그렇게 춥지 않은 날인데, 게다가 학원 쪽이 아닌 숙소 쪽에서 오니 의아해 물었다.

"잉카, 왜 그래? 아파?"

"응. 감기에 걸린 거 같아. 그래서 학원도 못 가고 쓰러져 있다가 간신히 나왔어."

"그냥 메일 보내지 왜 이렇게 무리해서 나왔어?"

"그래도 약속인데, 얼굴이라도 보고 말해야지. 멀지도 않은 거린데."

"밥은 먹었어? 얼른 밥 먹자."

"세열아, 미안. 밥도 못 먹겠어."

잉카는 힘없는 목소리로 대답했다.

"약은?"

"먹었는데 잘 안 듣네."

"일단 일어나자. 내가 생강차라도 끓여줄게. 감기에 엄청 잘 들어."

약이면 충분하다는 잉카를 억지로 이끌고 우리는 광장 옆 시장에서 생강과 라임, 설탕을 사 들고 그녀가 머무는 호스텔로 갔다. 햇빛이 잘 드는 잔디밭에 잉카를 앉혀놓고는 공용 주방에서 생강차를 끓였다. 그리고 생강차를 가득 담은 컵에 라임을 흠뻑 짜 넣고 그녀에게 건넸다.

"벌써 낫는 기분이네. 그라시아스."

몇 모금 마시곤 잉카는 조금 전보다 나은 표정으로 말했다. 그리고 나도 한 모금 마셔보고는 약간의 실수를 고백했다.

"잉카, 미안. 생강이 너무 부족했네. 생강차가 아니라 라임차 같아. 여기 남은 생강 있으니까 다음엔 조금 더 넣어서 끓여봐."

"아냐, 이것도 충분히 맛있어. 라임도 많이 넣었으니 곧 나을 거야. 그런데 원래 한국에서도 이렇게 자주 끓여 먹어?"

아직 식지 않은 머그를 양손에 쥔 채 잉카가 물었다.

"아니, 나도 여행 나와서 처음 끓여봤어."

"정말? 누가 이런 걸 알려줬어?"

"우리 같이 우유니 여행했던 여진 누나 알지? 그 누나가 페루에서 알려줬지."

몇 달 전 페루에 막 도착했을 때, 거긴 남반구라서 추울 거야, 라고 했던 말이 무색하게 리마는 한여름이었다. 억지로 챙겨온 두꺼운 점퍼는 짐스럽고 귀찮았지만 고산 도시 쿠스코에 도착해서야 이걸 챙겨 와서 참 다행이구나 싶었다.

갑자기 높아진 고도와 찬바람 때문에 이곳의 여행자들은 가벼운 고산 증세와 감기 증세를 함께 앓아 다들 콜록대거나 코를 훌쩍거리고 있었다. 나 역시 다른 이들처럼 가벼운 고산 증세에 몽롱해하며 기침을 하고 있을 때 여진 누나를 만났다.

"우리 생강 사서 생강차 끓여 먹자."

누나는 시장에서 생강 몇 알을 사왔고 익숙한 솜씨로 생강을 다듬고 냄비 한가득 차를 끓였다. 우리는 냄비를 통째로 놓고 쿠스코 시내가 한눈에 보이는 창가에 앉아 몇 시간 동안 차를 마셨다. 특유의 매운 생강 향이 목을 타고 넘어가 온몸으로 퍼지며 잔기침을 잠재워 줬다.

그렇게 커다란 머그잔을 움켜쥔 채 함께 깔깔대며 지난 여행 이야기를 하고 또 하다가 각자 노트북으로 제 할 일을 했다. 그러다가 다른 외국인 친구들이 오면 한 잔씩 덜어주기도 하면서. 그렇게 그곳에서 한날은 다른 차를, 한날을 생강차를 마시며 갑자기 찾아온 겨울, 아니 겨울만큼이나 추운 도시로 찾아온 우리들의 몸과 마음을 추슬렀다.

그때 페루에서 여진 누나에게 생강차를 끓이는 법을 배우고 몇 달이 지나 부에노스아이레스에 와서야 드디어 적절하게 생강차를 끓일 수 있게 되었다. 그리고 종종 "생강차 드실 분 계신가요?"라고 물으며 사람들에게 생강차를 대접했다. 여진 누나가 우리에게 그랬던 것처럼. 엄지손가락만 한 작은 조각 하나로 여러 명이 함께 마실 수 있으니 생강차를 끓일 때마다 마법을 부리는 기분이 들었다.

누구는 설탕을 넣어 마시고 누구는 라임을 넣어 마시고 누구는 밑에 남은 생강까지 씹어 먹었다. 쿠스코에서 그랬던 것처럼 생강차를 다 마실 때까지 함께 이야기했고 부엌으로 들어오는 이가 있으면 아낌없이 차를 권했다.

이렇게 남미를 여행하는 내내 생강차를 누군가와 함께 마셨고 그 생강차를 끓일 때마다 생강차를 처음 만들어줬던 여진 누나를 떠올렸다. 그리고 남미를 떠난 후 얼마 지나지 않아 한 친구가 몇 번의 전송 실패 끝에 힘겹게 한 문장을 전했다.

'아프니까 네가 끓여준 생강차가 생각난다.'

그래서 여전히 남미 특산품이라는 옥수수도 감자도 아닌, 너무 사소해서 사진 한 장 찍어 놓지 않은 '생강' 때문에 오래도록 남미가 떠오른다.

"여행 중 어느 나라가 가장 좋았나요?"라는 질문보다
"어디서 본 별이 가장 기억에 남나요?"라는 질문이 더 좋았다.
그리고 더 길게 대답했다.
이를 테면, 첫 번째 질문에는
"볼리비아요."라고 짧게 대답했지만 두 번째 질문에는
"아마존에서 본 별이 제일 멋졌어요. 그런데 미얀마 시골 마을에서 본 별이 가장 기억에 남죠. 같이 여행하던 친구와 함께 길바닥에 누워 별을 보면서 게스트하우스의 이탈리아 그녀가 분명 더 예쁜데 티베트에서 온 그녀가 왜 더 매력적인가 대해서 오래도록 토론했거든요."라고 길게 대답했다.

가끔은 새 도시의 설렘보다

지난 도시의 그리움이 더 크다.

EUROPE
MADAGASCAR

ROMA, ITALY

로마의
휴일

로마로 출장을 오신다는 아버지의 소식을 듣고
서둘러 나도 로마로 향했다.
그렇게 여행 중 여행을 하게 됐다.
그러니까.
16년 만에 아버지와 로마를 다시 거닐게 되었던 것이다.
그때, 비행기에서 탈이 난 내 위장은
로마 여행 내내 나를 괴롭혔으며,
그런 나는 아버지를 다시 내내 괴롭혔다.
그래도 아버지는 내게 짜증 한 번 내지 않고

한 손을 꼭 잡고 함께 걸었다.

16년 만에
나는 아버지보다 정확히 16cm나 커버렸고
더 이상 아버지 손을 잡지 않고 걸었으며
혼자만의 시간을 갖기도 했다.
언젠가 아버지 어깨가 처져 보이고 걸음걸이도 힘이 없어 보여
이젠 아버지도 많이 늙으셨구나 생각했었는데
어느새, 어디서 청춘으로 돌아가는 약이라도 드셨는지
어깨는 다시 활짝 펴져 있었고
걸음은 박 소령 시절마냥 당당하셨다.
그리고 나보다 걸음이 한참이나 빨랐고
내가 지쳐 헉헉대며 긴 숨을 내뱉을 때도
여전히 아버지는 그저 계속해서 걸으실 뿐이었다.
여전히 아버지는
친구 같기보다 아버지 같았으며,
나는 아버지 앞에서 190cm가 넘는
걱정 많은 어린아이였다.
오랜만에 받는 애 취급과, 걱정.
나쁘지 않았다.
물론 약간의 용돈도.

담배

"여자친구랑 헤어지고 아버지랑 편의점에서 술 한잔하고 오니까 좀 풀리더라."

스무 살 무렵 가장 친했던 친구가 수화기 너머 아직 울음기가 가시지 않은 목소리로 이야기했다.

"괜찮아. 더 좋은 여자 만나겠지."

나는 뻔한 위로를 하면서도 사실 친구의 첫 실연이 안쓰럽기보다 아버지와 술 한잔 마시며 그런 감정까지 이야기할 수 있는 그가 부러웠다. 아버지와 나, 둘 다 술을 못 마시니 남자라면 한 번쯤은 경험할 '부자지간 술 한잔' 같은 건 애초부터 없었다. 그래서인지 언제나 우리 사이엔 얇은 유리 벽 같은 거리감이 존재하는 듯했다. 그래서 오랜만에 만났으면서도 "나가서 맥주나 한잔할까?" 같은 말도, 그리고 그 한잔을 마시면서 나눴을 긴 대화도 당연히 없었다.

대신 나는 아버지와 함께
처음 담배를 피웠다.

둘이 나란히 서서 담배를 피우면서도 특별한 대화 없이 그저 흩어지는 연기만 바라봤다. 아버지가 마지막 한 모금을 머금었다가 허공으로 천천히 연기를 내뱉으셨다. 그리고 꽁초가 쌓인 모래 위로 조금 강하게 지그시 담배를 짓이기셨다. 어쩌면 아버지는 속으로 '이 녀석이 언제부터 담배를 피웠나' 하며 낯선 아들의 모습에 고민하고 계셨을지도 모른다. 먼저 호텔 입구로 들어가시면서 아버지가 마른 목소리로 한마디 내던지셨다.

"이제 담배 끊어라."

싫은 소리를 들으면서도 괜히 웃음이 나왔다. 그 5분도 안 되는 시간이 참 좋았다. 이 기분이 남들이 말하는 아버지와 첫 술잔 같은 느낌일까? 그때 피웠던 담배가 처음이자 마지막으로 함께 피운 담배였지만 오래도록 잊지 못할 것 같다.

처음 아버지와 단 둘이서 '어른들의 일'을 함께한 것이기에.

우리만 아는 암호

긴 계단을 빙글빙글 돌면서 오르다 보니 어느새 사람들로 가득 찬 바티칸 성당 꼭대기에 도착했다. 사람들 사이를 한참이나 비집고 들어가 밖을 내다보았더니 시원하게 바티칸의 전경이 펼쳐졌다.
그리고 나는 스케치북을 열었다.
그림을 그리는 동안 누군가는 사진을 찍게 잠시 비켜달라고 했고
누군가는 내 어깨에 걸어놓은 큰 카메라를 보고 자신의 카메라를 건네며 연인과 함께 사진을 찍어달라고 했다.
그리고 다른 누군가는 나의 스케치북을 빤히 바라보았다.
그렇게 혼자 그림을 그리고 있는데 한 할아버지가 아는 척을 한다.
"자네, 건축을 공부하나 보군."
우리는 우리만 아는 암호가 통한 거 같아 서로 웃음을 터뜨렸다.
분명 모서리가 튀어 나온 선들을 보고 알아맞혔을 것이다!

ROMA, ITALY

시계

“혹시 안 쓰는 시계 있는 사람? 전자시계고 방수도 되면 좋겠어.”

여행할 때마다 쓰던 전자시계 줄이 끊어졌다. 익숙한 모든 물건이 그렇듯, 이렇게 갑자기 못 쓰게 돼서야 느낀다. 오랫동안 이것에 많이 익숙해졌구나, 하고. 그래서 핸드폰으로 시간을 볼 수 있었지만 그 익숙함 때문에 끊어진 시계를 한동안 계속 주머니에 넣고 다녔다.

여행을 하면 시간에 참 무뎌진다. 친구들과 만날 약속을 정할 때도 ‘몇 시 즈음 만날까?’라고 어정쩡하게 정하니 그 시간에 늦을까봐 몇 분을 두고 초조해할 필요가 없었다. 그리고 ‘제출 마감’ 같은 것도 없으니 하루하루를 정확히 재단하며 일정표를 빼곡히 적을 필요도 없다. 그저 그림자가 길어지면 저녁 먹을 때가 되었구나, 그리고 커튼 사이로 햇살이 스며들면 이제 일어날 시간이구나 정도의 감이면 충분했다. 물론 이렇게 느슨해진 시간을 제 시간으로 맞춰야 할 땐 그저 간단히 손목만 들면 된다. 각자의 시계를 바라보며.

여행자들의 손목을 자세히 들여다보면 그들의 시계는 모두 달랐다. 초침과 분침 그리고 시침만 달랑 있는 바늘 시계부터 고도라든지 방위라든지 다양한 정보가 나오는 시계까지 다양했다.

내 시계는 정말 평범한 전자시계였지만 요일을 알려주는 기능만큼은 참 마음에 들었다. 여행 중 요일이 그렇게 중요하진 않지만 그래도 시계 덕분에 오늘이 무슨 요일인지 정도는 알고 있었다. 그래서 어떤 요일에 휴관인 박물관에 가더라도 요일을 헷갈려 헛걸음하는 경우는 거의 없었다. 이렇게 시계 덕에 남들보다 요일을 잘 알고 있었듯 어떤 이들은 날씨나 기온을, 혹은 고도같이 내가 별로 신경 쓰지 않은 것들에 대해 잘 알고 있었다. 여행자들은 각자의 손목시계라는 창을 통해 자신만의 세상을 바라보고 있었다.

그런 시계가 당장에 끊어지니 여행 중 이어폰이 없어진 것만큼이나 아쉬웠다. 결국엔 그 불편함을 참지 못하고 페이스북에 긴 푸념의 글을 남겼다. 그러고는 글 말미에 혹시나 하는 마음으로 친구들에게 부탁하는 글을 덧붙였다.

"혹시, 안 쓰는 시계 있는 사람? 전자시계고 방수도 되면 좋겠어."

살짝 초조한 마음으로 노트북 앞에 앉아 댓글을 기다렸다. 아무 시계나 상관없다고 썼지만 솔직히 중학생 시절 친구들 사이에 유행했지만 한 번도 차보지 못한 한 전자시계를 떠올리고 있었기 때문이다.

한참 후에 한 친구가 댓글을 달았다. 시계를 보내주겠다고. 게다가 그녀가 보내주겠다고 한 시계는 내가 내내 떠올리고 있던 시계와 정확히 색깔까지 똑같았다. 그리고 그녀 역시 '중학교 때 한참 차던 건데 오랫동안 안 쓴 거야'라는 말을 덧붙였다.

며칠 후 인편으로 시계를 전해 받았다. 그리고 제일 먼저 요일이 제대로 나오는지 확인했다. 제대로 작동하는 것을 확인한 후에야 더 이상 요일을 잊어 한참 셈해야 할 필요가 없다는 생각에 속이 후련해졌다.

이렇게 다시 나의 시간이 돌아왔다. 어린 시절 추억의 시간까지도 함께.

COLD DRINKS
ICE CREAM
ICE TEA
ICE WATER

BARCELONA, SPAIN

바르셀로나에 오다

아버지와 헤어지고 다시 홀로 바르셀로나에 도착했다.
공항에서 지하철을 타고 예약한 숙소와 가까운 역에서 내리자마자
바르셀로나의 햇살이 쏟아졌다.
그리고 조금 걷다 보니
생각지도 않게 가우디 건물 '까사 바뜨요'가 나타났다.
아프리카 어느 호텔에서 자고 일어났을 때
기린이 창문 너머로 나를 쳐다보고 있다면
아마 이런 기분이지 않을까 싶었다.

BARCELONA, SPAIN

혼숙에 관한 이야기

스무 살 무렵, 호주 여행을 하고 돌아와 친구들을 만났다. 아직 배낭여행이란 것이 생소한 친구들은 '어디서 자고 왔냐'고 물었다. 그 질문에 여럿이 함께 한방을 쓰는 도미토리에서 지냈다고 대답했다. 그리고 '혼숙'이라는 말까지 더하니 스무 살 무렵의 아이들은 음흉한 표정으로 질문을 내던다.

"혼숙이라고? 어땠어?"

그리고 나는 그들의 기대와 다른 절망스러운 표정으로 대답했다.

"수박만 한 브라가 침대에 걸려 있었어."

나의 대답에 친구들을 짐승 같은 환호성을 내뱉으며 낄낄 웃어댔다.

"웃을 일이 아냐. 나 더운데도 이불로 꽁꽁 싸매고 잤어. 얼마나 무서웠다고."

이렇게 나의 도미토리에 대한 첫 인상은 수박만 한 브라였다. 그것도, 스무 살 소년의 무한한 호기심을 자극한다거나 음흉한 상상을 하기엔 너무 비현실적인 크기라 오히려 두려웠던 브라 말이다.

바르셀로나에 도착한 날도 공항을 나서자마자 미리 예약한 호스텔을 찾았다. 친절한 매니저는 예약한 도미토리를 안내해주었고 한마디 덧붙였다.

"여기 단체 손님들이 있어서 조금 어수선할 수도 있어. 조금만 이해해줄 수 있을까?"

도미토리야 당연히 시끄러울 수 있는 곳이니 아무 문제 없다고 대답했다. 늦은 오후가 되자 시끌벅적한 소리를 내며 앳된 얼굴을 한 여자아이들이 도미토리로 들어왔다. 잠시 후 한 남자아이가 그녀들을 뒤따라 들어왔고 내 아래 침대에 가방을 던져놓았다. 그리고 그는 인사와 함께 자신들은 고등학교를 막 졸업하고 여행을 온 네덜란드 학생들이라고 소개했다.

예상보다 조금 더 소란스러웠지만 별다른 불만을 갖지 않았다. 오히려 침대에 누워 그들이 노는 모습을 지켜보는 것은 TV 시트콤을 보는 것처럼 나름 재미있는 일이었다. (늘 유일한 남자아이가 괴롭힘을 당하고 있었다.)

그런데 어느 날 숙소로 돌아와보니 숙소 옆 성인용품점에서 팔 법한 물건이 내 침대에 올라와 있었다. 처음엔 '뭐지?' 하고 쓰레기통에 버렸지만 그것은 계속해서 다시 내 침대 위로 올라왔다. 한번은 그 물건이 내 침대 대신 아래 남학생 침대에 놓여 있었고 그가 그녀들에게 소리치는 것을 듣고 나서야 '재들 장난이구나'라고 확신할 수 있었다.

아무튼 며칠 더 계속된 그 장난을 처리하는 것도 귀찮아 그녀들에게 "이거 이제 그만 올려놔"라고 이야기했지만 그녀들은 까르륵 웃기만 했다.

"아리엘, 재네들 언제 나가?"

며칠이 지나도 멈추지 않는 그녀들의 장난에 지쳐버려 하는 수 없이 주인에게 불만 섞인 말투로 물어봤다.

"조금 시끄럽지? 미안. 네가 하루만 더 이해해줘."

아리엘은 미안한 표정으로 부탁하듯 이야기했다.

"아니, 시끄러운 건 괜찮은데 조금 다른 문제가 있긴 해."

결국 주인에게 제대로 설명도 하지 못하고 하룻밤이라는 말에 조금만 더 참기로 했다.

오늘이면 그들과의 마지막 밤이라는 생각에 조금 안도했지만 그 안도는 그들이 외출하고 돌아오자마자 무참히 깨져버렸다. 나에겐 그 녀석들과의 마지막 밤이었지만 그들에게는 마지막 바르셀로나의 밤이었다. 그래서 어느 때보다 더욱 시끄러웠고 소란스러웠다. 나는 귀에 이어폰을 꽂고 핸드폰을 만지작거리고 있었는데 그중 가장 심술궂던 여자아이가 다가왔다.

"우리 '짓궂은 질문하기 놀이' 하는데 너도 같이 할래?"

잘 모르겠다는 표정을 지으니 그녀가 덧붙였다.

"예를 들어, 너 한 번에 두 명 이상 여자랑 자봤어?"

스무 살도 안 되었을 소녀에게 들은 예상 밖의 질문에 간신히 당황한 표정을 숨기고 대답했다.

"그냥 페이스북이나 할래."

그녀가 돌아가고 창가 쪽에서 깔깔 웃는 소리가 들렸다.

"저 한국애 부끄러워서 나 쳐다보지도 못하더라!"

왠지 자기네들끼리 이렇게 이야기하고 웃고 있는 것만 같았다. 상대방이 성적 수치심을 느끼면 그건 성희롱이라고 하니 나는 10대 소녀에게 성희롱을 당해버렸구나. 방 한쪽에서 그들은 게임에 몰두했고 남자 녀석은 몇 번이나 방을 뛰쳐나갔다. 도대체 그녀들을 그에게 무슨 질문을 했던 걸까? 저 짐승 같은 아가씨들 사이에 있는 순한 남학생도 나처럼 수치심을 느끼고 있을까?

다음 날 눈을 떴을 땐 이미 그들은 떠나고 헝클어진 빈 침대들만 남아 있었다. 그리고 그녀들은 마지막까지 내 침대 위에 그것을 올려놓았다.

후-.

한숨을 깊게 내뱉고 그것을 쓰레기통에 버리고 나서야 바르셀로나 아침의 평온함이 처음으로 내게 찾아왔다.

나와 닮은 사람,
반가운 사람

여행 중 새로운 사람도 참 좋지만
사실은 나와 닮은 사람이 가장 반가운 사람.
그중에서도 작은 스케치북을 들고
여행을 그리는 사람이 가장 반가운 사람.

그래서 그런 사람을 만나면 등 뒤에서 몰래 그림을 훔쳐보곤 했다. 만약 그 사람에게도 내가 반가운 사람이라면 우리는 서로 스케치북을 바꿔 들고 한 장 한 장 넘겨보며 이야기를 나눴다.

외출하고 숙소로 돌아오는 길, 아직 해가 지지 않은 날이면 가우디의 까사 바뜨요 앞에 앉아 거리를 바라보곤 했다. 사진으로만 보던 가우디 건축을 바로 앞에서 바라보는 것도, 그 앞에 가득한 관광객들을 바라보는 것도 즐거웠다.

한날은 구경 대신에 작은 스케치북을 열고 그림을 그렸다. 그리는 동안 옆자리에 많은 사람이 앉았다 일어났다. 대부분 내게 무관심했지만 가끔씩 중국에서 온 여행자들이나 바르셀로나에 살고 있다는 사람들이 말을 걸었다.

그런 사람들과 가끔씩 대화를 나누며 그림을 완성할 즈음 옆 벤치를 바라보니 누군가도 작은 수첩에 그림을 그리고 있었다. 고개를 살짝 내밀어 슬며시 그림을 훔쳐보다가 그녀와 눈이 마주쳤다. 머쓱하게 웃으며 인사를 건네고 수백 번을 말해도 여전히 촌스러운 발음으로

"웨얼 아 유 프롬?"

이라고 물으니 상대방도 또박또박

"아이 엠 프롬 코리아."

라고 대답했다.

"한국 분이셨구나!"

"한국 사람이세요?"

'웨얼 아 유 프롬?' 특히 R 발음을 억지로 더 꼬아 물어봤는데 이렇게 또박또박한 '아임 프롬 코리아'라는 대답이 돌아오면 그렇게 서로 민망할 때가 없다.

이젠 외모만 보고 유럽 사람들은 어느 정도, 그리고 한국, 중국, 일

본인은 확실히 구분할 수 있다고 생각했는데 그녀의 이국적인 외모 때문에 이렇게 또 실수를 했다. 아마 나도 아무렇게나 묶은 머리에 꼬질꼬질한 얼굴이 '유럽을 여행하는 한국 남자'처럼 보이지는 않았겠지.

그래도 그렇게 민망하지 않은 척 다시 인사를 하고 서로의 스케치북을 바꿔 그림을 구경했다. 한참 이야기를 나누다가 늦은 오후 바람이 차가워질 때 즈음 물었다.

"저기, 시간 괜찮으시면 카페로 옮겨서 이야기 더 할까요? 제가 커피를 꼭 한 잔 사드리고 싶은데."

"네?"

그녀는 무슨 말인지 모르겠다는 눈으로 나를 쳐다보았다.

몇 달 전 볼리비아에서 스테이크 뷔페에서 밥을 먹고 일어나는데 함께 식사를 한 누나가 먼저 계산을 해버렸다. 적지 않은 금액이었기에 미안한 마음으로 인사했다.

"잘 먹었습니다. 제가 후식이라도 사드릴게요."

그러자 누나는 "됐거든, 나중에 유럽 가서 너보다 동생 만나면 커피라도 한 잔 사줘"라고 대답하며 자신의 디저트를 누군지도 모를 어린 여행자에게 양보했다.

이렇게 늘 나보다 나이 많은 여행자들은 동행하는 중 한 번이라도 무엇이라도 사주려 했고 후식이라도 보답하려 하면 언제나 '나중에

너보다 더 어린 여행자를 만나거든 커피라도 대신 사주라'는 같은 대답만 할 뿐이었다. 한국 여행자도, 다른 나라 여행자도. 그래서 그 약속을 지키고 싶어 유럽에서 처음 만난, 나보다 어린 그녀에게 커피를 꼭 사고 싶었다.

우리는 가까운 한 카페로 자리를 옮겨 이야기를 계속 이어나갔다. 그림을 그리는 사람이라고 생각했던 그녀는 글을 쓴다고 했다. 그리고 이미 작은 소설책을 한 권 출간하고는 여행을 떠나온 거라 말했다. 그리고 이어지는 그녀의 여행 이야기는 소설책의 한 대목 같이 즐거웠다. 대신 나는 핸드폰에 저장한 스케치와 벽화를 보여주며 지난 여행 이야기를 들려주었다.

그렇게 커피잔이 다 비었을 무렵 여행자들끼리 으레 주고받는 빤한 대화를 마치고 진짜 자신의 이야기를 꺼냈다. 서로 잘 알지 못하는, 그리고 앞으로도 더 알지 못할 것 같은 타인에게만, 그리고 낯선 곳에서만 털어놓을 수 있는 마음속 고민 같은 것들을.

며칠 후 그녀가 바르셀로나를 떠나는 날 다시 만나 서로의 수첩에 작은 인사말을 주고받았다. 나는 못생긴 글씨로 그녀의 수첩 한쪽에 무언가 빼곡히 적었고, 그녀는 그림 같은 글씨로 작은 위로를 건넸다. 그리고 마지막 인사를 남겼다.

'만나서 반가웠어요. 소설 속에서 만나길.'

Virrei Amat

실제로 그렇든, 그렇지 않든 간에
사람의 손으로 만들어낸 듯한 모든 것들은 감동스럽다.

걱정하지 마

"이제 곧 문 닫을 시간입니다. 나갈 준비를 해주세요." 라는 말 대신에

"걱정하지 말고 천천히 그려.

대신 다 완성하면 그림 사진 좀 찍어도 될까?

그리고 사진도 같이 찍자!"

성 가족 성당 문 닫을 시간,

서두르며 그림을 마무리 짓는 내게 한 관리 직원이 했던 말.

그라시아스! Gracias!

여행을 하면서 더 행복해질 수 있는 마법 같은 말

한때 '가장 싼 곳'을 찾으려 애썼다.

버스표도, 기념품 가게도, 투어상품도.

그러나 결국 그 누구도 가장 싼 가격은 알지 못하니

늘 불만스럽다.

그래서 어느 날부터 '두 번째로 싼' 곳을 찾기로 했다.

적당한 가격을 찾거나 흥정하고 나서

'아마 이 마을에서 두 번째로 싼 가격일 거야'

라고 생각만 하면 만족할 수밖에!

기타를 들고
여행하는
여행자에게

나도 처음엔 벽화를 그저 재미로 그렸어. 몇 시간 동안 벽에 그림을 그리고 호스텔 홍보 스티커 다섯 장을 받았어도 진심 어린 "Amigo! Gracias!(친구! 고마워!)"라는 인사가 행복했고 체크아웃 할 때 그림 값 대신이라고 방값을 깎아주거나 받지 않으면 또 얼마나 좋았던지.

그리고 그 호스텔에서 모두 아는 사람이 되는 기분도 좀 괜찮아. 조금 과장하자면 스타지! 그래서 다들 벽화 그리고 있는 내게 와서 인사를 하고 친한 척을 해. "뷰티풀! 원더풀!"을 외치면서. 별 관심 못 받는 아시아 남자 여행자인데도! 게다가 귀여운 유럽 아가씨가 먼저 다가와 팔짱을 끼고 사진을 찍자고 한 적도 있지. 내 연락처도 물어보면서! 한국에서는 나한테 연락처 물어보는 아가씨가 없었는데 말이야!

벽화는 어떻게 그렸냐고? 보통 호스텔에 그림 그리고 싶은 벽이 있고 주인이 그림을 좋아한다 싶으면 넌지시 이야기해, 벽화 사진을 보여주면서. 그럼 대부분 "OK"라고 말하고 내게 벽 하나를 내주지.

그렇게 여행 다니며 벽화를 그리니 자신감이 붙었어. 그래서 한번은 도착하기도 전에 호스텔에 먼저 연락해서 '난 이런 그림을 그리며 여행 다녀요. 벽화를 그려줄 테니, 재워주실 수 있을까요?' 하고 물어봤어. 그러곤 흔쾌히 OK를 받았지.

그땐 인정받는 기분이 들어 어찌나 좋았던지. 그런데 그렇게 인정받았다 생각하니 욕심이 나는 거야. 예전에는 고맙다는 말 한마디만 들어도 기분이 좋았는데, 갑자기 계산하기 시작했어.

'이걸 그려주는 기간은 이 호스텔을 위한 거니까 당연히 재워줘야 하고 그리는 동안 먹는 밥값, 재료비, 내가 소비한 시간… 이런 것까지 따지면 며칠은 더 재워줘야 하는데…. 게다가 한국에서 벽화 그리면 얼마나 받았는데!'라고.

그런 생각이 한번 드니 갑자기 더 이상 벽화를 그리고 싶지 않아진 거야. 그리는 이유가 사라졌거든. 생각해봐. 이틀 동안 생각하고 그려도, 절약되는 방값이랑 그 기간 동안 드는 생활비, 재료비, 시간을 비교해보면 아무리 해도 내가 손해거든. 그렇게 돈으로 생각하니 모든 의미가 사라졌어. 게다가 엎친 데 덮친 격으로 다음 목적지의 호스텔에 '벽화를 그려줄 테니, 소파라도 잘 수 있는 곳 좀 주세요'라고 했던 제안을 상대방이 거절해버렸어. 그가 아무리 정중히 거절을 했어도, 내가 받아들이기엔 궁상맞은 잡상인 취급하는 것처럼 느껴졌고(이미 내 마음은 삐뚤어질 대로 삐뚤어졌으니까) 더 이상 벽에도 스케치북에도 그리고 싶지도, 그릴 수도 없어졌어.

그렇게 펜을 놓고 지내다가 어느 날 문득 가만히 앉아서 생각해봤어. 내가 왜 펜을 들고 여행을 시작했을까?

아! 그리는 즐거움 때문에 그리면서 여행을 했었지. 내 흔적을 곳곳에 남기고 다니는 즐거움, 친구들이 호스텔에 가서 내 벽화를 봤다고 연락을 해주는 즐거움, 호스텔 주인들도 벽화 때문에 나를 친구로 대해주는 즐거움, 이런 즐거움 때문에.

결코 처음엔 돈이라는 이유는 전혀 없었어.

그렇게 욕심을 버리고 나니 그리는 것이 다시 즐거워지더라.

노래를 부르며 여행하는 이유가 뭐야? 오늘이 첫 번째 날인데, 유럽에서 돈 좀 벌어보겠다고 무거운 기타를 집에서부터 짊어지고 온 건 아니지? 그런데 어느 날 돈 욕심이 생길 때가 올 거야. 오늘은 12유로 벌었다고 이렇게 들뜨고 즐거워하는데, 어느 날은 20유로를 벌어도 '오늘은 공쳤네'라며 인상 쓸 때가 있을 거야.

그런 날이 오면,

오늘 네가 왜 노래를 부르기 시작했는지 잘 생각해봐.

우리 집 냉장고

'오랜만에 집에 가는 길이 생각보다 설레네?'
한 친구가 이제 여행을 끝내고 집으로 돌아간다는 소식을 전해왔다.
아쉬워 죽겠다고 말할 줄 알았던 그가 집에 가는 길이 설렌다 하니
괜히 부러워졌다.
이렇게 같이 오래, 혹은 즐겁게 여행했던 친구들이
각자의 나라에 잘 도작했다는 소식을 들을 때면
괜한 섭섭함이 밀려온다.
지금쯤 다들 그토록 함께 노래 부르던 '우리 집 냉장고'를
하루에 몇 번씩 여닫고 있겠지.

MADAGASCAR

누군가의 언젠가

마다가스카르에 가겠다고 하니 생각보다 많은 사람들이 말했다.
"마다가스카르, 거긴 내 꿈의 나라예요. 언젠가 꼭 여행하고 싶은 곳."
문득 '오늘은 어제 죽은 이가 그토록 그리던 내일이다'라는 말이 떠올랐다.
이곳에서 지내는 이 순간 역시 누군가가 간절히 바라던 시간.
그래서 조금 더 소중히 그리고 아름답게 보내기로 했다.

아이들이 내게 하는 말은 거의 같았다.

"바자하! 바자하!(외국인!)

볼라볼라! (돈!)

봉봉!(사탕!)"

그러나 가장 정겨운 말은

"뽀또! 뽀또!(사진!)"

이상한 나무, 이상한 남자

열네 시간 동안 탁시부르스(승합차)를 타고 모론다바 근처로 간다.

아침에 해가 뜰 무렵 중간에서 합승한 청년이 말을 건다.

"모론다바에 왜 가고 있어?"

"바오밥나무가 보고 싶어서."

"아. 그 나무 그냥 여기서부터 많아."

대수롭지 않은 청년의 대답에 창밖을 보니

바오밥나무가 보이기 시작했고

바오밥나무를 신기하게 바라보는 나를

다들 신기하게 바라보았다.

MORONDAVA, MADAGASCAR

당신의
첫
사진

오늘 날씨가 참 좋은 날이었습니다. 햇살은 적당히 따가웠고 그리 멀지 않은 곳에서 기분 좋은 바다 냄새가 실려 왔습니다. 사실 오늘이라고 어제와 그제와 특별히 다르지도 않았지만, 뭐 그런 날이 있잖아요. 날씨가 특별하게 느껴지는 날.

한쪽 어깨에 카메라를 메고 길을 걸었고, 멀리서 아이들이 뛰어노는 소리가 들렸습니다. 그리고 그 소리를 따라 걸으니 거친 공터에서 뛰어놀고 있는 아이들을 만났습니다. 아이들의 놀이를 방해하고 싶지 않아 멀리서 카메라를 꺼냈지만 눈치 빠른 몇몇이 제게로 달려와 "뽀또! 뽀또!" 외치며 포즈를 취합니다.

언제나 아이들의 사진 찍어달라는 소리는 반갑습니다. 항상 환한 웃음으로 다가오거든요. 제법 큰 아이들은 어디서 배웠는지 매서운 눈빛으로 격투기 자세를 취하고 작은 녀석들은 형들에게 밀려 쉽게 제 렌즈 앞에 서지 못했지요. 그래서 자세를 조금 낮춰 작은 아이들부터 렌즈에 담았습니다.

그렇게 지칠 때까지 사진을 찍고 함께 웃음을 터트리고는 다시 호텔로 돌아왔습니다. 그리고 배낭 깊은 곳에서 휴대용 프린터를 꺼내 아이들 수만큼 사진을 뽑았지요. 아이들은 많고 프린터는 느리니 시간이 오래 걸렸지만 아이들은 여전히 열심히 뛰어놀고 있었습니다. 제가 다시 나타나자 아이들은 또다시 제게 달려왔고 전 본의 아니게 아이들의 놀이를 두 번이나 방해해버렸네요. 아무튼, 그렇게 모인 아이들에게 사진을 나눠주고 새로 온 아이들 사진을 찍어주고 있는데 한 풍채 좋은 아주머니가 제게 다가옵니다. 그리고 말없이 따라오라 손짓하네요.

아무 말이 없었기에, 그리고 웃는 얼굴도 아니었기에 조금 걱정했습니다. 사진을 나눠줄 때 아이들이 조금 다툰 것에 화가 난 것일까? 어느 나라처럼 사진을 찍는 게 영혼을 빼앗는다고 생각하는 걸까? 살짝 걱정을 하며 따라갔습니다. 그리고 한 집에 다다랐고 아주머니는 잠시 기다리라 하고는 어두운 방 안으로 들어갑니다.

잠시 후, 그 어두운 방 안에서 아주머니와 한 여인이 나옵니다. 얼굴은 통통 붓고 이불 뭉치를 들어 안고요. 아니 사실은 문턱에만 살짝 발을 걸쳤지요. 아주머니는 그제야 웃으며 이 여인을 찍어달라 합니다.

화가 난 것이 아니라 사진을 찍어달라고 여기까지 부른 거구나, 안심을 했습니다. 그리고 카메라 뷰 파인더로 그녀를 바라보니 그녀는 퉁퉁 부은 얼굴로 활짝 웃네요. 그리고 이불 뭉치를 살짝 열어 카메라 쪽으로 향하게 합니다. 그러자 쌔근쌔근 자고 있는 아기 얼굴이 드러납니다. 제 렌즈를 통해 제가 바라보고 있던 대상은 그저 한 여인이 아닌, 어머니였던 것입니다.

그렇게 한 아이의 첫 사진을 찍어주었습니다.

어쩌면 엄마가 된 그녀의 첫 사진을 찍어준 것일지도 모르지요.

어제와 그제와 별 다를 게 없는 날씨였지만

오늘, 날씨가 참 좋아서 다행이었습니다.

당신들의 사진을 잘 찍어줄 수 있어서.

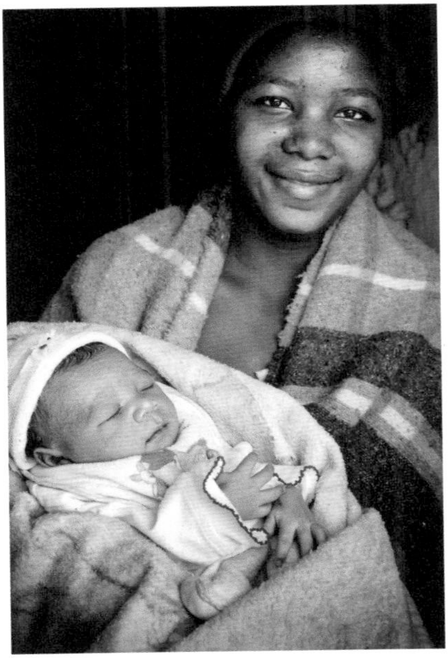

빨래

마땅히 빨래를 널 곳이 없어서 방 안에 빨래를 말리고 나면
햇볕 아래 바짝 마른 빨래가 그립곤 했다.
그늘에서 말린 빨래와 태양 아래에서 바짝 말린 빨래는
그 촉감과 냄새가 확연히 다르다.
오늘은 빨래들이 오랜만에 햇볕을 흠뻑 머금었다!
그것도 아프리카의 태양을!
손끝에서 느껴지는 까슬함과 온기는
온전히 태양 아래의 빨래에서만 느낄 수 있는 것이다.
이런 빨래를 개는 것은 전혀 수고스럽지 않다.
오히려 지친 나날의 휴식 같은 것.
태양의 기운을 받는 기분이랄까?

ANTSIRABE, MADAGASCAR

Chez Billy에서의 대화

밤늦은 시간에 'Chez Billy'란 숙소에 도착했다. 문을 열자마자 젊은 사람들이 많이 보여서 반가웠지만 분위기를 보니 역시나 단체로 온 사람들이다. 매일 저녁시간 그 친구들은 1층 테이블 자리를 꽉 채우고 있었다. 매번 그들에게 다가가지 못하고 테이블 반대편 레스토랑 바에 앉아 저녁을 주문했다. 바를 찾는 사람은 늙은 프랑스 할아버지와 말 없는 한 여행자, 그리고 나뿐이었다. 그래도 그 바에는 매일 이곳 주인 빌리가 서 있었고 반겨줬다. 그는 영어와 프랑스어와 말라가시어를 번갈아 사용하면서 무리에 속하지 못한 세 명과 적절히 돌아가며 이야기를 나누었다.

한날은 조금 늦게 저녁을 먹으러 나왔더니 내 동지인 외톨이 여행자들은 이미 자리를 떠났고 빌리도 여유가 있어 보였다. 그래서 그와 많은 이야기를 나누었다.

"빌리! Chez가 무슨 뜻이야? 많이 보이던데."

"음… 조금 다르긴 한데 영어로 뭐 home이나 House 같은 말이지."

"Chez Billy면 '빌리네 집' 같은 이야기구나."

"그렇지 Hotel은 친절하긴 하지만 방을 안내해주고 키를 건네주고 필요한 정보만 알려주면 그걸로 끝이잖아. 근데 나는 이렇게 이야기도 하고 매일 아침 안부도 묻고 그런 곳을 만들고 싶어서 Chez를 쓴 거야."

"지금 우리처럼?"

"맞아. 우리처럼."

그날따라 유난히 밖이 시끄러웠다. 폭죽 소리, 사람들의 노랫소리가 끝없이 들렸다. 무슨 일이냐 물어보니 독립기념일이라고 한다.

그래서 물었다.

"빌리, 너네는 아직 프랑스 사람들 싫어해?"

"많은 사람들이 여전히 싫어하지. 난 그 정도까진 아니고."

"우리랑 일본이랑 비슷하네."

"그래도 한국이 부러운 건, 일본만큼은 아니지만 비슷하게 잘 살잖아. 마다가스카르는 프랑스만큼은커녕 세계에서 제일 가난한 나라 중 하나야. 그리고 독립을 했어도 완전한 자유가 아니야. 잘사는 나라 기업들이 여기 와서 금도 기름도 다 가져가고 그거 다 뽑아 먹고 나면 철수해버리지. 그리고 그 돈에 정권이 흔들리고. 식민시대와 다를 게 없어, 그런 점에선. 슬픈 현실이지."

"맞아. 몽골, 라오스, 볼리비아 등 너무 많은 나라들이 똑같은 상황이야."

우리는 서로 앞에 있는 잔을 들고 "마다가스카르를 위해 Cheers!"를 외쳤다.

빌리와 이야기 도중 한 직원이 퇴근하면서 빌리와 주먹을 서로 치고 갔다. 그리고 각자 가슴도 한 번 쿵.

"빌리, 이건 무슨 의미야? 여행을 하면서 사람들이 다들 주먹을 내밀더라고."

"응. 1997년에 우리나라에 콜레라가 많이 돌았어. 악수를 하면 전염 위험이 있으니까 악수 대신에 이렇게 인사를 하게 됐지. 그리고 요즘 젊은 애들은 멋으로 계속 하는 거고"

"안 좋은 이유로 시작했지만 보기에 꽤나 멋지네."

"그렇지?"

"빌리, 무라무라 스펠링 써줄 수 있어?"

"당연하지."

빌리는 냅킨에 Mora Mora라고 썼다.

"참 좋은 말이야. 내가 제일 처음 배운 말라가시어야."

"하하. 좋지, Mora Mora. 한국 말로는?"

"우린 '천천히 천천히'. 근데 잘 안 써. 보통 '빨리 빨리'를 쓰지. Hurry up이란 말이야."

"하하 프랑스 사람이랑 똑같네."

"응. 난 '무라무라'를 제일 먼저 배웠고 보통 우리나라에 온 외국인은 빨리 빨리를 제일 처음 배운대."

"하하. 별로 안 좋아. 빨리 빨리."

"그러게, 무라무라!"

마지막 남은 고기 조각을 입에 넣고 빌리와 주먹인사를 했다. 그리고 다시 혼자 있는 방으로 돌아왔다.

PROMO EXCEPTIONNELLE
283
FANIRIAKO

신발 고치는
노인

이런 말 하면 조금 우스울 수도 있지만 여행을 하면서 가장 소중하게 여긴 것 중 하나는 신발이었다. 속옷만큼 내 살결에 오래 닿아 있는 것이고 다른 옷들과 다르게 단 하나만 챙겨온 것이기 때문이다. 게다가 300mm라는 흔치 않은 발 사이즈 때문에 신발을 잃어버리기라도 하면 쉽게 구할 수도 없었다. 그래서 각별히 더 신경을 쓸 수밖에.

여행을 준비하면서 300mm 사이즈 신발을 사는 것부터 쉽지 않았다. 보통 여행을 할 땐 평소 신던 가벼운 신발을 신고 떠나곤 했는데, 이번엔 조금 긴 여행이 될지 모르니 다른 서양 여행자들처럼 왠지 튼튼한 등산화 정도는 신어줘야겠다고 생각했다. 그래서 큰맘 먹고 등산화를 사 신기로 했지만 어느 곳에서도 300mm 사이즈 자체를 팔지 않았다. 며칠에 걸쳐 이곳저곳을 돌아다니고 나서야 간신히 한 외국 브랜드에서 내 발에 맞는 사이즈를 찾았다. 하지만 디자인을 선택하기도 전에 점원은 말했다.

"이 모델만 300mm까지 나와요."

그렇게 고민도 못 해보고 그 신발은 긴 여행을 함께할 동반자가 되었다. 그래도 어렵게 산 신발이라 더 애지중지했다. 인도에서 침대칸 기차를 탈 때 가장 먼저 머리맡에 모신 것도 신발이었고 신발을 벗고 들어가야 하는 사원에서 가장 신경 썼던 것도 신발이었다.

의지와 상관없이 고른 신발이라 마음에 드는 모양새는 아니었지만, 투박한 모양만큼이나 단단해 보였고 믿음직스러웠다. 사막이든 정글이든 어디를 가더라도 이 신발로 헤쳐 나갈 수 있으리라 믿었다.

그러나 그 믿음은 너무나 빨리, 그리고 쉽게 무너졌다.

여행을 떠난 지 얼마 안 돼 몇 번 신지도 않은 신발 한 짝의 앞코가 서서히 벌어지기 시작했다. 그래서 인도 한 길거리에서 구두통을 든 청년에게 신발을 맡겼다. 그는 송곳으로 무지막지하게 구멍을 뚫고는 커다란 바늘로 엉성하게 꿰매놓았지만 역시나 얼마 안 가 실밥은 다시 풀어지고 그저 보기 흉한 흉터만 남았을 뿐이다.

그래서 나의 믿음직했던 신발은 물도, 모래도, 바람도, 아무것도 막아주지 못했다. 게다가 얼마 안 가 다른 한쪽도 터져버렸다. 그래서 남미의 사막에서 이 신발은 모래를 한 모금이나 삼켜버렸고 비라도 오는 날엔 질퍽거리는 촉감이 내 발을 타고 가슴까지 올라왔다.

마다가스카르 안치라베 시장에서 바나나 몇 송이를 사고 돌아오는 길, 해 지는 노을빛이 스치는 벽에 구두들이 걸려 있었다. 그리고 그 옆에선 한 노인이 앉아 신발을 고치고 있었다. 그냥 지나치려다가 그 노인의 주름 가득한 손을 보니, 그가 적어도 몇십 년 동안은 이 한 곳에서 구두를 만들고 있었을 거란 생각이 들었다.

그래서 그가 내 신발도 어려움 없이 고칠 수 있을 것만 같아 잠시 멈춰 섰다. 신발을 보여주며 몸짓으로 "고칠 수 있겠어요?"라고 물었더니 말없이 고개만 끄덕인다. 나는 반가운 목소리로 "얼마예요?"라고 물었지만 노인은 대답 없이 한참을 고민했다. 그리고 옆에 있던 아저씨와도 상의를 시작했다.

순간 '아, 또 사기를 당하는구나'라는 생각이 들었다. 그동안 여행하면서 경험으로 배웠기 때문이다. 가격을 물었을 때 상대방이 머뭇거리며 오래 생각을 하거나 옆 사람과 상의를 한다는 것은 여행자에게 바가지를 씌우겠다는 행동이라는 것을.

정직하게 켜켜이 쌓였을 그의 손 주름이 아름답다고 생각했다. 그래서 실망감이 더욱 커졌다. 그래도 어쩔 수 없기에 그가 대답하기 전에 머릿속으로 급하게 계산을 시작했다.

'딱 3,000원 정도까지만 흥정하고 안 되면 그냥 가자. 아니, 신발은 고쳐야 하니까 한 5,000원까진 흥정해보자.'

그리 크지 않은 돈을 상한선으로 정하면서 괜히 어딜 가나 '저금통' 취급 당하는 외국인 신세인 것 같아 서러웠다.

그때 할아버지가 대답했다.

"300원."

"양쪽 다요? 한쪽만요?"

"둘 다."

순간 복잡하게 돌던 머리는 멈췄고 온몸에 힘이 풀렸다. 그래서 그 자리에 주저앉아 그에게 신발을 벗어주었다. 300원, 이곳에서도 겨우 아침 대신에 튀김 몇 조각 사먹을 돈이다. 그가 신발을 고치는 동안 내 발을 빤히 바라보니 어제 꿰맸던 양말에 다시 구멍이 나 있다.

"왜 이 빌어먹을 양말은 꿰매도 꿰매도 계속 구멍이 나고 지랄이야!"

괜히 애꿎은 양말에게 심술이 났다.

신발을 고치는 데는 꽤 오랜 시간이 걸렸다. 할아버지는 신발을 한 땀 한 땀 실로 꿰매고 다시 터지지 않게 접착제로 단단히 고정했다. 그리고 마무리를 위해 망치로 신발을 두드리는 모습을 보면서 지치고 구겨진 내 심보도 함께 펴졌으면 좋겠다고 생각했다.

"자, 다 됐다네."

노인은 다 고친 신발을 돌려 내 앞에 가지런히 놔주었다. 신발을 신고 나는 고개 숙여 인사했다. 그리고 혼자 사과하는 마음으로 약간의 돈을 더 얹어 드렸다. 노인은 별다른 사양 없이 돈을 받아 주머니에 넣었다.

숙소로 돌아와 이미 몇 번이나 꿰맨 양말을 다시 꿰맸다. 그리고 혹시 자꾸 나는 구멍이 내 발톱 탓인가 하고 길지 않은 발톱을 잘랐다. 할아버지가 고쳐준 신발은 감사하게도 여행 마지막 날까지 잘 버텨주었다. 조금도 벌어지지 않고.

물론 양말은 계속해서 구멍이 났지만.

모두 어두운 길을 잘 걷는데

혼자 빛 없이 걸을 수 없어

랜턴을 켜고 다니니

뭔가 부족한 사람이 된 기분이다.

느긋함이라는 비슷한 느낌 때문에

늘 구분해내기가 쉽지 않다.

여행 중 게으름과 여유는.

내 옆의 사람

기대했던 것이 이뤄지지 않았을 때의 아쉬움.
가끔은 감당하기 힘들다.
내 옆의 여행자가 아팠을 땐 매번 아낌없이 약을 꺼내주었고
"나중에 아프면 어쩌려고 다 줘요? 조금 남겨놔요."
라고 그가 사양하면 이렇게 대답했다.
"아마 제가 아프면 그땐 제 옆의 누군가가 약을 꺼내주겠죠.
걱정하지 말고 빨리 나아요."
하지만 그전에도 지금도, 아플 때는 언제나 혼자였다.
그리고 후회를 했다.

몇 개는 꽁꽁 숨겨둘걸.

그리고 이렇게 어쩔 수 없을 때 꺼내 먹을걸.

방갈로가 몇 채 모여 있는 이 숙소엔 나 말고 아무도 머물지 않았고 하필이면 그중에서도 가장 구석에서 지내고 있었다. 게다가 핸드폰 신호조차 잡히지 않아 아플 때마다 급하게 연락했던 약사 친구에게도 연락할 수가 없었다. 혹시 내가 여기서 죽는다 해도 적어도 며칠 동안은 아무도 알지 못할 것만 같았다.

고열과 배탈 그리고 몸살. 여러 가지 증상이 한 번에 밀려오니 아픈 이유도 병명도 추측조차 할 수 없었다. 그래서 멍하니 누워만 있으니 이름 모를 풍토병에라도 걸린 걸까 괜한 걱정만 스멀스멀 찾아왔다. 다행히 잠시 고통이 잦아들어 간신히 몸을 일으켜 바람이라도 쐴 겸 나와 담배를 물었다.

부스럭대는 소리 때문이었을까? 숙소를 순찰하던 아저씨는 랜턴을 내게 비췄고 축 처져 있는 모습을 보고는 내게 다가왔다. 말은 통하지 않았지만, 표정과 손짓으로 나의 아픔을 표현했다. 그렇게라도 누군가에게 기대고 싶었다. 하소연하고 싶었다.

간신히 그가 '메디슨'이라는 영어 단어를 말하며 '안 먹었냐?' 걱정해줬지만 나는 다시 손짓으로 약이 없다고 이야기했다. 그러자 그가 옆에 있는 나뭇잎을 몇 개를 따다가 내 손을 붙잡고 부엌으로 향했다. 그리고 잎을 통째로 넣고 끓이기 시작했다. 잠시 후 그는 뜨거운 컵을 건네며 이것을 마시면 아픈 것이 나을 거라고 온몸으로 설명했다.

나 혼자 있던 것이 아니었구나.
종종 이렇게 오해를 한다.
'내 옆에 여행자가 없으면, 혹은 말이 통하는 사람이 없으면
철저히 혼자구나'라고.
이렇게, 걱정해줄 수 있는 사람이, 챙겨주는 사람이
원래부터 저 밖에 오래도록 서 있었는데.
단지 내가 문을 열고 나오지 않았을 뿐.
그래도 다행이다.
너무 간절히 바랄 때, 너무 늦지 않게 만날 수 있어서.
약간은 비릿한 나뭇잎 차를,
약간은 차가운 바람을 맞으며 마셨다.
기분 탓인지 벌써부터 낫는 기분이다.
'미사우트라.(감사합니다.)'

자리에 앉아 스케치북을 열고 그림을 그리니

내 옆에 꼬마 몇 명이 달라붙어 구경을 한다.

잠시 고개를 숙여 그림을 그리고 다시 고개를 드니

초원과 하늘 대신 수십 명의 얼굴로 가득 차 있다.

OF AGE

여행 그 순간보다도 더 중요한 건
여행 후에 남을 기억일지도 몰라.

여행자들의

언제나 꿈꾸고 있는 듯한 표정.

그것이

내가 그들을 좋아하는 이유.

비록 그 표정이

그 순간뿐이었을지라도.

AGAIN
ASIA

나의 꿈, 당신의 꿈

먼 나라에서 네팔로 이동하면서 한국에 잠시 들렀다.
10여 시간 동안의 짧은 귀국.
여행을 하다가 이렇게 한국에 잠시 들를 때면
행복한 꿈에서 깨어나는 것 같아 늘 초조해했고
서둘러 공항으로 돌아와 비행기를 타고 나서야 안도했다.
네팔에 도착해서 짐을 풀고
여유로운 마음으로 침대에 드러누워 눈을 감으니
이제야 다시 꿈속으로 돌아온 것 같아 마음이 놓였다.
그리고 이른 낮잠.
한참이 지나 일어나 무선 인터넷에 접속하니
몇 시간 전
어머니가 집에서 보내셨을 메시지가 도착했다.

“아들,
이번엔 꼭 꿈에서 왔다 간 것만 같네.”

카트만두에선 한 사진작가가 소개해준 게스트하우스에서 지내기로 했다. 그리고 역시 그의 소개로 매일 아침 게스트하우스 1층 카페에서 아침을 먹었다. 커피 한 잔과 샌드위치로 간단히.
종업원인지 젊은 사장인지 구분이 잘 안 되는 남자의 표정과 말투는 무뚝뚝했다. 하지만 모든 것이 조금씩 낡아 보이는 이 카페에 앉아 커피를 마시는 일은 오래된 나무에 코를 가까이 대고 향을 맡는 것만큼이나 기분 좋은 일이었다.

물물교환

광장에 앉아 그림을 그리는데 한 꼬마가 다가와 솜사탕 좀 팔아달라 한다.
마침 무릎이 찢어진 바지를 보여주며 'No Money'라고 핑계를 대니
그 꼬마가 솜사탕을 하나 꺼내더니 손에 쥐여준다.
어린 녀석에게 거짓말을 하고 솜사탕까지 뺏은 기분이라 얼른 주머니에서
돈을 꺼내 줬지만 그 녀석은 절대 돈을 받으려 하지 않았다.
하는 수 없이 소년을 옆에 앉히고 얼굴을 그려 솜사탕 값을 대신하기로 했다.
나는 솜사탕을 맛있게 먹었고 소년도 그림을 받고 웃었으니,
서로 괜찮은 물물교환이었을까?

그림을 망치다

그림을 망쳐버렸다.
게다가 하필이면 망친 그림을 그리던 종이는
오랫동안 아끼던 비싼 종이였다.
그림을 망친 것도, 비싼 종이를 버린 것도
그리고
그리고 싶은 것을 그리지 못하는 부족한 실력도 괜히 서러웠다.
결국 스케치북을 덮고 무겁게 걸었다.
늦은 저녁 게스트하우스로 돌아오고 나서도
서러움이 오래도록 가시지 않았다.
그래서
내일은 잘 그리려는 마음 대신
조금 더 가벼운 마음으로 그려보기로 한다.
그리고 싶은 것을 크고 자세하게 못 그리겠거든
작게라도 많이 그려보기로 한다.

마음의 크기

디지털 카메라로 하루에도 수백 장을 찍으면서

필름 카메라 36장을 다 찍는 데 꼬박 일 년이 걸렸다.

같은 사진이라도 셔터 한 번 누르는 마음의 크기 때문이다.

누군가와 몇 시간 동안 끝없이 이야기를 쏟아냈지만

누군가와는 며칠 동안 그만큼의 반도 이야기하지 않았다.

어색함의 문제가 아니라 한마디에 담는 마음의 크기 때문이었다.

창문이 큰 방

히말라야로 향하는 모든 이들이 모이는 도시 포카라에 도착했다.

5,000원 정도밖에 안 하는 방 주제에 창문이 무려 3개나 있다.

방 안으로 쏟아지는 이 햇살들이 너무 아까워

밖으로 나가지도 못하고 하루 종일 침대에 누워 책을 읽었다.

비록 개미들이 가끔 침대 위로 올라오긴 했지만

이 햇살에 비한다면야 그다지 큰 문제는 아니었다.

여행을 하면서 한 가지 변한 것은
눈물이 굉장히 많아졌다는 것이다.
책을 읽다가, 영화를 보다가,
짐을 싸다가, 멍하니 앉아 있다가,
심지어 기내식을 먹다가
문득, 오랜 시간 눈물을 흘렸다.
아마 아무도 아는 이 없는,
떠나면 아무도 기억해주지 않을 도시에서
혼자 빈 방에 덩그러니 있으니
어린 시절부터 시달린
'남자는 울면 안 된다'는 굴레에서
벗어날 수 있었기 때문일 것이다.
이제야 자유로워진 것 같아
눈물이 날 때마다 한참이나 웃었다.

여행을 길게 하다 보면
몇 가지 결핍으로부터 아쉬움이 밀려오는데,
그중 하나는 책에 대한 갈증이었다.
오래도록 한글로 된 이야기를 읽지 못하면
마치 오랫동안 한국말을 못 하는 것처럼 답답했다.
다행히 내가 가지고 다니던 싸구려 스마트폰으로도
전자책을 읽을 수 있다는 것을 알게 되었고
인터넷이 넉넉하게 잘 되는 숙소에 도착할 때면
몇 권을 다운 받아 하루 종일 조그만 액정으로 책을 읽었다.
혼자서 더 많이 웃고 더 많이 울면서.
덕분에 느리고 작은 스마트폰이 새삼 고마웠다.
그러면서도 딱 한 가지 마음에 들지 않았던 점은
점점 줄어드는 책장을 가늠할 수 없다는 것이었다.
한창 몰입해서 읽다가 마음의 준비를 할 겨를도 없이
갑자기 '초판 발행 00년 00월' 같은 정보가
툭 하고 튀어나오면서
'이제 이 책은 끝났답니다'라고 알려주는 것이
괜히 서러웠다.
마치,
늦잠을 자고 일어나 세수도 하지 않은 얼굴로
어제까지 함께 지내던 친구에게
'아침 먹으러 갈까요?'
말하려 문을 두드렸는데
이미 인사도 없이 떠난 그의 빈 방을
멍하니 바라보는 기분처럼.

포카라의 숙소의 주인은 한국에서 오래 일을 하고 왔다고 했다.
호기심과 반가움에 실례일지 모를 질문을 해버렸다.
"한국에서 일하는 동안 힘들지 않았어요?"
그러자 그는 대답했다.
"난 운이 좋아서 그런지 좋은 사람들만 만났어요. 그런데 사실은, 좋은 사람은 좋은 사람을 만나고 안 좋은 사람은 안 좋은 사람만 만나지요."
그리고 이어서 말했다.
"여행도 마찬가지 아니에요?"

충분한 가격

사진을 찍던 중 뷰파인더 안에서 한 아이와 눈이 마주쳤다. 사진을 마저 찍고 카메라를 내리니 아이가 달려와 보여달라 한다. 손톱보다 작게 찍힌 얼굴을 보고 실망할까봐 다시 가까이 다가가 사진을 찍어 보여줬다.
카메라를 움켜쥔 아이의 손에 민디(헤나)가 낙서처럼 그려져 있어 "민디 그려줄까?"라고 물으니 아이는 좋아라 손을 내밀었다. 함께 있던 세 녀석만 그려주려 했는데 어느덧 동네 꼬마아이들이 이미 우리를 둘러싸고 있다.
아이들에게 민디를 그려주며 "2루피(20원)씩 내야 돼!"라고 장난을 쳤는데 한 꼬마 아이가 어딘가를 뛰어갔다 오더니 "아빠가 돈 줬어요"라며 정말로 5루피(50원)를 내밀었다.
어찌나 미안하던지! 아이의 돈 내민 손을 다시 감싸쥐어 주었다.
몇 명 그려주고 나니, 옆에 앉아 있던 큰 언니도, 사두 할아버지도 민디를 그려달라 손을 내밀었다. 이제 다 됐나 싶었는데 또 다시 꼬마 여섯 명이 쪼르르 달려왔다. 이젠 손에 힘이 빠져서 대강 그려주니 아이들이 금세 알고 뾰로통해지지만 몇 개 더 그려준 그림에 금세 다시 웃었다.

250원, 민디 한 튜브 값은
스무 명도 넘는 사람들이 잠시지만 웃고 떠들기에
충분한 가격.

화장터
풍경

강 건너편에서는 이미 굳어버린 육신이 타고 있고
내 등 뒤에서는 한 여자가 계속해서 횡설수설을 하고
사람들은 거기에 맞춰 깔깔 웃어댄다.
다리 위의 한 노인이 노래를 부른다.
노래는 구슬펐지만 따뜻한 위안이다. 복잡한 감정의 노래다.
이 강은 기껏해야 청계천 정도의 폭밖에 안 되는데,
강을 사이로 삶과 죽음, 웃음과 침묵으로 나뉘고 있다.
서로의 거리가 너무 가까워
가운데 앉아 있는 나는 어지러움을 느낀다.

건너편 화장터를 그리던 중 갑자기 비가 내리기 시작했다.
물에 쉽게 번지는 펜이었지만, 그냥 두었다.
빗방울 또한 지금, 이곳의 모습이었기에.
누군가 힌두교인은 화장 중에 절대 울지 않는다고 했지만,
강 건너편에 있는 한 여인은 바닥에 엎드려 꺼억꺼억 울고 있다.
그러는 동안에도 여전히 내 등 뒤에 있는 사람들은
횡설수설하는 여자를 구경하며 계속 웃고 있다.
빤한, 식상한 표현이지만
이 빗물이 저 여인들의 눈물 같았다.
그 눈물은 등 뒤의 웃음소리 때문에 오히려 더 서러웠다.
이미 반쯤 완성된 그림에 그 눈물을 흠뻑 담고 싶었다.
그러나 큰 빗방울 몇 개 떨어지고는 갑자기 비가 멈췄다.
아니, 비는 계속 오는데 스케치북에 빗방울이 떨어지지 않았다.
고개를 들어 뒤를 돌아보니,
낯선 네팔 청년이 내게 우산을 씌워주고 있었다.
자신은 그대로 비에 젖고 있으면서.
일부러 비에 내던진 스케치북이었지만,
그렇다고 다시 그에게 우산을 치워달라고 말하진 않았다.
대신 젖고 있는 그에게 미안한 마음이 들어 내 우산을 펼치니
뒤에 있던 또 다른 이가 내 우산을 대신 들어주었다.
나는 그렇게 두 청년과 함께 그림을 그렸고

스케치북을 덮고 나서야

우산을 대신 들고 있던 그가 내게 우산을 건넸다.

죽음과 슬픔과 흐느끼는 이들을 그렸지만,

결국엔 등 뒤의 깔깔대는 사람들처럼 따뜻한 마음만 안고 간다.

친구

오늘은 원래 파탄이라는 곳에 다녀오려 했습니다. 네팔에서의 마지막 날이라 그런지 왠지 하루를 바쁘게 보내고 싶었어요. 그래서 오랜만에 늦잠을 자지 않았고 아침부터 부산하게 나갈 준비를 했죠. 아침을 먹으러 가곤 했던 게스트하우스 1층에서 커피와 샌드위치를 주문했습니다. 그리고 잠시 책을 열고 아침을 기다립니다.

그때 갑자기 쏟아지던 비.

여우비도 아니고 정말 몬순의 비였습니다. 결국 비를 핑계 삼아 읽던 책을 마저 다 읽고 외출을 점심시간까지 미뤄버렸습니다.

비 때문이었을까? 네팔의 마지막 날이라는 아쉬움 때문이었을까?

평소와 다르게 나갈 준비를 했습니다. 무거운 카메라와 그림 도구로 가득 찬 가방을 두고 지갑과 작은 필름 카메라만 챙겨 나왔습니다. 평소 같으면 비에 젖는 게 싫어 처마 밑으로 조심조심 걸었겠지만 오늘은 왠지 우산에 떨어지는 빗방울 소리가 좋아 제 덩치에 한참이나 작은 우산을 쓰고 큰길로 성큼성큼 걸었습니다. 결국 바지 무릎 아래로 흥건히 젖어버리고 말았죠.

오랜만에 꺼내든 필름 카메라에 쓸 36장짜리 필름을 삽니다. 필름을 사는 것도 일 년 만이네요. 오랜만에 필름을 카메라에 꽂으니 괜히 설렙니다. 메모리 카드를 빼고 꽂는 일과는 다른 느낌이죠. 너무 오랜만에 하는 일이라 조금 헤매긴 했지만 어쨌든 잘 마무리했습니다. 그리고 오늘 하루 동안 36장을 모두 찍자 다짐합니다. 7년 만입니다. 비 오는 날 우산을 쓰고 카메라를 들고 다니며 정신없이 사진을 찍은 지. 그러고 보니 7년 전에도 같은 카메라였네요.

좁은 골목을 따라 걸으며 거리와 사람을 찍다 보니 어느새 더르바르 광장입니다. 광장 근처 한 가게에서 민디(헤나)를 두 박스나 샀습니다. 어차피 여행이 끝날 때까지 다 쓰지 못할 양인 걸 알지만 혹시나 하는 마음으로 한가득 샀지요. 물론 네팔 사람들한테 파는 것보다 훨씬 싸게 준다는 거짓말을 믿는 척하면서요.

그러고는 다시 광장 반대편으로 가서 지난번 만났던 그 솜사탕 소년을 찾았습니다. 저 멀리 그 꼬맹이도 알아보고 손을 흔들었습니다. 저도 손을 흔들다 가만 보니 지난번과 뭔가 달랐습니다. 솜사탕이 두 개밖에 안 남아 있었죠! 거의 다 판 거냐고 물어보니 다 팔았다 합니다. 남은 그 두 개를 마저 팔아주고 싶어 모두 달라고 하며 돈을 건네니 또 돈을 받지 않고 남은 솜사탕 두 개를 제게 건넸습니다.

"우린 친구잖아"라고 말하면서요.

어차피 특별히 할 일 없는 저와 솜사탕을 다 팔아 할 일이 없어진 녀석. 우리 둘은 탑 위로 올라가 함께 앉았습니다. 솜사탕을 함께 떼어 먹다가 주변에 서성거리던 아이들과 나눠 먹었습니다. 그리고 함께 사진을 찍다가 조금 전에 산 민디를 꺼내 아이들 손에 그려주었습니다. 사내 녀석들이라 꽃 그림 대신에 이름을 써주기도 팔뚝에 얼굴을 그려주기도 했죠.

조금 출출해질 시간, 그 녀석에게 두 번이나 솜사탕도 얻어 먹었겠다 뭐라도 사주고 싶어 물었습니다.

"모모(티벳식 만두) 좋아해?"

"싫어요."

"찌아(밀크티)는?"

"싫어요."

"아이스크림은?"

"싫어요."

"콜라는?"

"됐어요."

그러나 녀석은 모두 싫다 합니다.

아, 그 친구 이름은 무케스예요. 무케스 쿠마르 말타.

그저 주변에 서성거리던 꼬맹이들만 입맛을 다시며 "콜라! 콜라! 아이스크림!"을 외쳐댔습니다. 그리고 무케스에게 자기네들끼리 '사준다는데 왜 싫다 그래! 너 콜라 좋아하잖아!'라고 하는 듯했습니다. 그래도 무케스는 여전히 싫다고만 하네요.

꽤나 자존심이 강한 아이 같았습니다. 아니, 강한 아이였지요. 아마, 외국인이 그저 그렇게 베푸는 호의를 원치 않았나 봅니다. 저랑 같은 눈높이에서 친구이고 싶어 하는 듯 보였습니다. 아니면 찢어진 바지를 입고 첫날 "나 돈 없어. 가난해"라고 이야기 한 탓에 제 주머니 사정을 배려하는 마음이었을지도 모르겠네요. (그랬다면 내가 너무 미안하지만요.) 무엇이었든 간에 강직해 보이는 그 꼬마 녀석의 표정이 좋았지요.

다섯 시가 다 되어갈 무렵, 이 녀석들에게 조금 전 사진을 보내주려 주소를 물어보니, 마땅한 주소가 없나 봅니다. 지금 필름을 맡겨도 족히 서너 시간은 걸릴 텐데….

필름 카메라를 들고 온 것을 후회했습니다. 평소대로 DSLR을 들고 왔더라면 인화기로 바로 뽑아줄 수 있었을 텐데, 사진관에 가서 바로 뽑을 수도 있었을 텐데…. 곰곰이 생각하다가 아까 민디를 샀던 가게가 떠올랐습니다. 아이들을 데리고 가게로 가서 자초지종을 이야기하고 "사진을 가게로 보내면 아이들에게 전해줄 수 있나요?" 하고 부탁을 하니 흔쾌히 받아주었습니다. 아까 약간의 바가지를 쓴 보람이 있었네요. "아마 한 달 정도 걸릴 거야." 이야기를 하니 "No problem"을 외칩니다.

가게를 나와 헤어질까 하니, 녀석들이 배고프다 합니다. 물론 무케스는 배고프지 않다고 딱 잘라 말하고요. 아이들에게 "모모 먹으러 가자!" 하니 아이들이 신나 제 손을 잡고 모모 가게로 이끕니다.

"얘는 반 접시만 사줘요!"

"아냐! 나도 한 접시!"

꼬마 녀석들끼리 티격태격 싸웁니다.

잠시 진정을 시키고 다섯 접시를 주문하고 한 접시씩 아이들에게 나눠줬습니다.

한 접시에 한국 돈으로 200원 정도, 저까지 다섯 접시를 시켰으니 1,000원으로 우리 다섯은 잠시나마 즐겁게 허기를 채울 수 있었죠.

돈을 내고 한 접시씩 나눠 먹으려 하는데 무케스가 한 접시 값을 제게 주려고 했습니다. 그래서 전 돈을 쥔 그의 손을 붙잡고 이야기했습니다.

"그러지 마. 우린 친구잖아."

"나 이제 호텔로 돌아갈게."

모모를 모두 먹고 돌아가겠다고 하니 꼬마들이 데려다준답니다. "괜찮아. 나 혼자 갈 수 있어"라고 이야기해도 막무가내였습니다. 결국 아이들과 함께 길을 더 걷기로 합니다. 유독 제 손을 잡는 것을 좋아하던 한 녀석과 손을 잡고 솜사탕 고리를 쥚어진 무케스와 타멜(여행자 거리가 있는 부근)까지 걸었지요. 아이들은 집이 정반대이면서도 저를 타멜까지 데려다줬어요. 호텔까지 가주겠다는 거 너무 멀리 돌아가는 거 같아 간신히 떼어놓고 왔지요.

그런데 무케스 녀석, 함께 걸을 때 제 한 손은 다른 아이 손을 잡고 반대 손엔 우산과 봉투를 쥐고 있던 틈을 타 결국 자기가 먹은 모모 값 200원을 제 주머니에 넣었습니다. "넌 나한테 솜사탕 줬잖아, 그래서 나는 너한테 모모 준 거야"라고 말하며 아무리 타이르고 윽박지르고 다시 건네도 굳이 제 주머니에 다시 넣습니다. 혹시나 진짜 제가 200원도 없을 형편이라 생각해서 그런가 고민하며 괜히 또 찢어진 바지를 입고 온 것을 후회했습니다.

아닙니다.

무케스 녀석, 제가 가난하다 생각해서 그런 게 아닐 겁니다. 이미 제 지갑에서 5,000원짜리 지폐가 몇 장 있는 것을 봤을 테고, 제가 깔끔한 청바지를 입고 왔어도 그 녀석의 행동은 똑같았을 겁니다. "친구끼리는 노 머니"라고 이야기하며.

아무튼 그의 생각이 무엇인지 정확히 이해하기 쉽지 않았지만 결국 그의 의견을 받아들이기로 했지요. 그래도 '괜찮다, 싫다'만 반복했던 녀석이 사진 보내준다는 말에는 방긋한 걸 보니, 마음이 조금은 편해졌습니다.

정말 여러 나라를 여행했고 여러 아이들을 만났지만 이 녀석은 정

말 독특한 아이였습니다. 아이가 아닌, 어른들도 이러지 않는데 진심으로 친구가 된 기분이었습니다.

누군가가 제게 호의를 베풀 때마다 "염치를 방콕에 두고 왔어요"라고 농담을 던지며 거절 한 번 없이 다 받아 챙기던 모습이 문득 부끄러워지더군요. 마지막까지 "건빵주머니 단추 잠그고 가, 소매치기 조심해, 바지 젖었으니 바지 접어 입어라"라고 세세하게 챙겨주던 그 녀석, 오래도록 잊지 못할 것 같습니다.

무케스 녀석과의 만남 덕분에 네팔의 기억이 아름답게 남을 것 같습니다. 항상 즐거운 나날들의 여행은, 마지막 즈음 하루만 불쾌해도 그 나라 기억을 망치기 쉬운데, 외롭고 심심하고 별일 없는 나날의 여행은 하루만 즐거워도 좋은 기억으로 남거든요.

어쨌든, 네팔에서의 마지막 날은 이렇게 작은 꼬마 녀석 때문에 마음 한가득 채우고 떠납니다.

이만 줄입니다.

3년 후, 2015년 큰 지진으로 이 광장은 대부분 무너졌다.
부디 이 모든 친구들이 건강하게 잘 지내고 있기를.

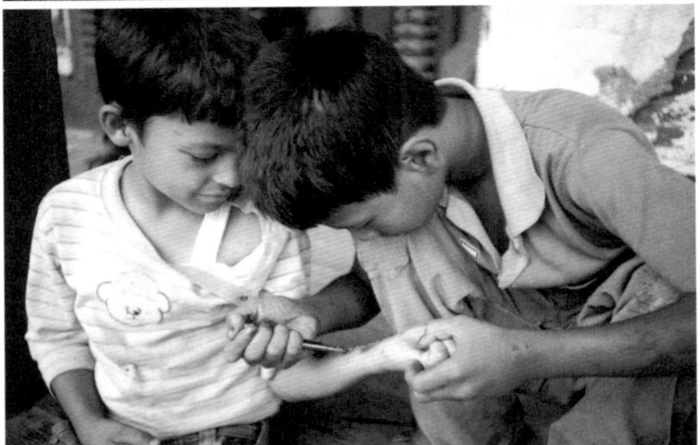

BANGKOK, THAILAND

Where is Chai? Guesthouse

"그 얼음에 파묻힌 과일이 그립다. 딸랑딸랑 종소리 울리면 맨발로 뛰어나가 사먹던 그 과일."

인도에서든 남미에서든 여행에서 지칠 때쯤이면 우리는 방콕을 노래 불렀다. 그리고 길거리에서 사먹던 망고셰이크와 연유 가득한 아이스커피를 그리워했고 카오산로드의 조미료 가득한 팟타이를 떠올리며 입맛을 다셨다. 그렇게 방콕은 여행하는 동안 어느 휴양도시보다도, 한국보다도 그립고 간절하게 원하던 여행자들의 안식처 같은 곳이었다.

그래서였을까? 많은 여행자들이, 게다가 다른 곳에선 한인 숙소를 기피하던 사람들조차도, 이 도시에서만큼은 한인 숙소를 한 곳 정해서 지내곤 했다.

언제 어디를 여행하다 돌아와도
"다녀왔습니다"라고 이야기할 수 있도록.
마치 집에 돌아온 것처럼.

거의 반년 만에 방콕에, 그리고 늘 머물던 게스트하우스로 돌아왔다. 12시가 넘은 늦은 시간까지 기다리고 있던 사장님은 "세열 씨, 잘 다녀왔어요?"라고 가볍게 인사했다. 나는 반년 만이라 너무 반가웠는데 그 가벼운 인사가 살짝 아쉬워 대답했다.

"남미까지 갔다가 반년 만에 온 건데."

"하하, 벌써 그렇게 오래됐나요? 사람들이 하도 많이 왔다갔다하다 보니까 가끔 헷갈려요. 이 년 만에 오는지, 이 주 만에 오는지. 그래서 종종 사람들이 좀 서운해하죠. 미안해요. 멀리도 다녀왔네요!"

방콕엔 여러 한인 게스트하우스가 있지만 그곳의 주인과 머무는 여행자들이 만들어내는 분위기는 꽤 달랐다. 그중 여유롭고 부담 없는 편안함 때문에 한 게스트하우스를 골라 머물곤 했다. 특히 이곳의 차가운 타일이 깔려 있는 거실이 무척 마음에 들었다. 그렇다고 그곳 거실에 특별한 점이 있는 것은 아니었다.

멋진 가구로 채워진 것도, 책으로 가득 찬 곳도 아니었고 대단한 풍경이 보이는 곳도 아니었다. 게다가 시원하게 넓지도 않았으며 벽에 발린 하얀 페인트조차 손때가 가득한 그저 그런 낡은 공간이었다. 사실 어쩌면 거실이라기보다 현관이나 통로에 가까운 곳이었다.

대신 그곳엔 언제나 사람이 있었다. 차가운 타일 바닥에 누워 낮잠을 자는 사람, 쪼그려 앉아서 노트북을 하는 사람, 책을 읽거나 바느질을 하는 사람…. 누구든지 잠시라도 외출할 때면 이렇게 늘어져 있는 사람들 다리를 요리조리 피해 나가야만 했다. 그리고 늘 "다녀오겠습니다"라고 인사를 했고 거실에 있는 사람들도 "잘 다녀오세요"라고 인사했다. 이렇게 서로 인사를 주고받는 사소한 모습이 내가 이곳에서 가장 좋아하는 풍경이었다.

가끔 오지랖 넓은 아저씨를 만나면 오늘의 스케줄을 모두 말해줘야 하고 가장 싼 교통편에 대해서 적어도 십오 분 정도는 지루하게 들어야 하기도 했지만.

만약 그 거실이 조금만 더 컸더라면, 이렇게 사람들끼리 부대낄 수 없었을 것이다. 조금만 더 작았더라면, 그 잦은 부대낌이 싫증이 나 시원한 카페로 나가 시간을 때우거나 침실에서 아예 나오지 않았을지도 모른다. 그리고 이곳이 입구 바로 앞에 있지 않았더라면 오가는 사람들이 서로 인사를 나누는 풍경도 애초에 없었을 것이다.

이렇게 그 작은 거실이 적당한 크기와 적당한 위치에 있었기에 여행자들은 이곳에서만의 인연을, 이야기를 만들어갔다. 그래서 그 거

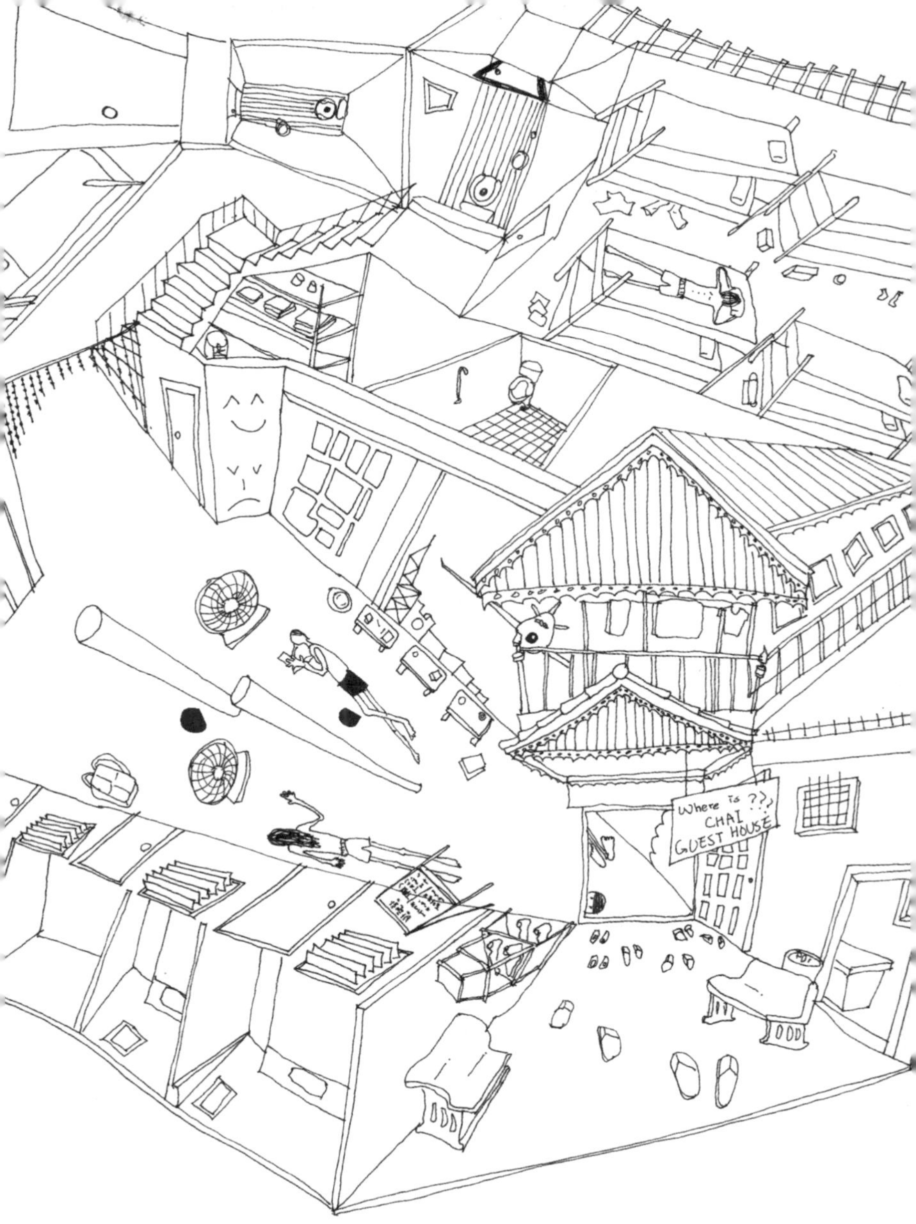
Where is ???
CHAI
GUEST HOUSE

실은 특별할 것도 없지만 아주 특별한 공간이 되었다.

오랜만에 돌아왔더니 거실을 청소하던 태국 아주머니 대신에 머리가 길고 윗옷을 입지 않은 남자가 매일 아침 빗자루질을 하고 있었다. 청소를 하던 이는 '차이'라는 남자였고 몇 달 전부터 여행을 잠시 멈추고 이 게스트하우스에서 매니저로 일하고 있다고 했다.

우연히 그와 대화하던 중 그의 태국 친구가 나의 친구라는 것을 알게 되었고 하루는 셋이 함께 어느 재즈 바에서 시간을 보냈다. 그리고 그가 알코올이 들어 있지 않은 칵테일을 마시며 비밀이라며 이야기했다.

"사실 제가 새 사장이 될 거예요. 게스트하우스 이름은 Where is Chai Guesthouse가 될 거구요."

갑작스러운 그의 말을 듣고 머물던 게스트하우스가 곧 없어진다는 것이 아쉬웠지만 티 내지 않고 물었다.

"그러면 여행은 오랫동안 멈추겠네요. 이름은 왜 차이 게스트하우스가 아니라 Where is가 붙어요?"

"아니에요. 전 여행을 계속할 거예요. 외출도 자주 할 거고요. 대신 이곳에 지내는 사람들이 모두 주인이 되게 만들 거예요. 제가 없어도 여행자들끼리 서로서로 어울리고 도우며 지내고, 오랫동안 자리를 비울 땐 다른 한 여행자가 저 대신 사장이 되는 거죠."

"진짜 그렇게 되면 재미있겠는데요?"

배낭 여행자의 노래
우리집 냉장고.
먹고 싶다 먹고 싶다
먹고 싶다

"네. 이상이 이상으로 끝나지 않는 게스트하우스를 만드는 거죠!"

그는 웃음 가득한 얼굴로 말했다. 그리고 행복한 표정으로 앞으로의 계획과 꿈에 대해서 이야기를 이어나갔고 어느새 나는 아까의 아쉬움을 잊고 그의 새 게스트하우스에 대한 기대감에 젖어들었다.

"그럼 그리기로 했던 벽화는 새 사장님과 Where is Chai Guesthouse를 위한 개업 선물로 해도 될까요?"

"물론이죠! 그리고 싶은 곳 어디든! 그림은 그리고 싶은 대로 그려도 좋아요!"

그는 여전히 환한 웃음으로 대답했다.

다음 날 늦은 아침, 일어나자마자 입구 바로 오른편에 있는 벽에 그림을 그리기 시작했다.

신치림의 '배낭여행자의 노래'를 무한 반복으로 켜놓곤!

좋아하는 공간에
좋은 음악을 들으며
좋아하는 그림을 그리는 일은
언제라도 좋은 일!

이곳에서 누워서, 앉아서, 서서 다들 여행 이야기를 나눈다.
그리고 작은 나무 탁자에 노트북을 올려놓고 쪼그려 앉아
비행기 티켓을 예매한다.
누구는 인도로, 누군가는 미얀마로,
다른 누군가는 더 먼 곳 어딘가로.
여행 중이지만,
다들 여행을 꿈꾸고 있다.
이곳에서.

OPEN

'OPEN'

유독 그 거리에선 그 간판만 눈에 띄었다.
다른 곳처럼 얼른 들어오라고 메뉴가 적힌 것도,
가격이 적힌 것도 아닌 그저 'OPEN' 네 글자만 적혀 있는
작은 간판이었다.
당신에게 별 관심 없어요. 하지만 굳이 들어오고 싶다면,
긴 시간은 못 내겠지만 잠깐 들어오도록 허락해줄게요.
이렇게 말하는 듯했다.

Coffee
ประถม ๑
OPEN

사실 처음엔 다른 사람 손에 이끌려
무관심하게 들어간 카페였지만
카페에서 바라보는 그 간판은
앉아 있는 내내 거슬리게 매력적이었다.
게다가 주인까지 그 간판을 빼다 닮았더라.
친절한 웃음 따윈 없는 무덤덤한 표정.
커피를 마시며
주인과 가게가 이렇게까지 닮을 수 있구나,
혼자 생각했다.
그 묘한 매력에 끌려
내게 관심도 안 주는 이 카페에 종종 들르곤 했다.
그리고 네 번째 방문이 돼서야
혼자 그림을 그리고 있는 내게
주인이 와서 먼저 말을 걸었다. 결국 그 주인은
내가 이 마을을 떠날 때 작별 인사를 한
몇 안 되는 사람이 되었다.
떠나고 나서야,
처음부터 친절하지 않았던 것이 좋았다.
처음부터 친절하지 않았던 것은
누구에게나 친절하지 않았다는 것이고
어쩌면 내가 조금 더 특별한 손님이었을지도 모르기에.

TOILET
all about Coffee
OPEN
DREAMING
2013.01.26 - 31°C
- all about Coffee. Pai Thailand

용구스 팜

오래전,

이곳, 방비엔 인근 푸딘댕이란 마을에 와서 농사를 짓고 사는 용구 형님은

농담인지 진담인지 애매한 말투로 이곳에서 신선처럼 살고 싶다고 했다.

그래서,

그만의 무릉도원을 그렸다.

아니 주릉도원을 그렸다. 비어라오가 둥둥 떠다니는.

"이건, 더운 날 시원한 물에 타 먹어라."

그림을 다 그린 내게 형님은

직접 담근 진한 히비스커스 원액을 한 통 담아주셨다.

이번 여행의 마지막 벽화였다.

그리고 형님을 오랜만에 만나고도

함께 밤늦도록 맥주잔을 기울이지 못하는 내 주량이 아쉬웠다.

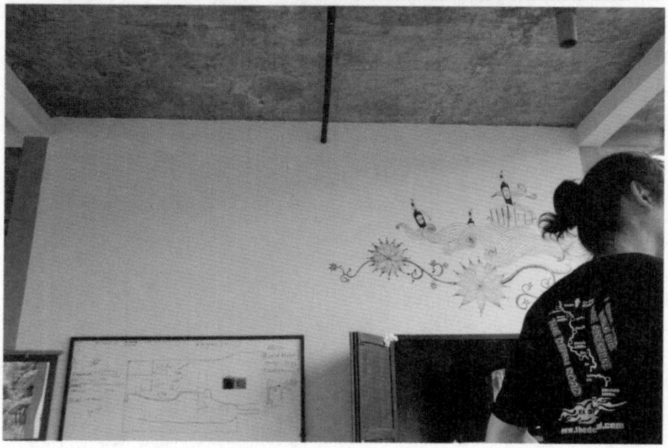

해진 담요를 함께 덮고
시린 아침 일출을 맞으며
그저 배시시 웃음 짓고
담배 한 개비와
해지는 노을빛 아래
지난 사랑을 서로 고백하고
그저 길바닥에 드러누워
밤하늘 쏟아지는 별빛 아래서
우리의 불안한 꿈을 함께 노래하는 일상.

여행하는 우리는
이런 서로의 시간을 사랑했고
오래도록 그 시간을 그리워한다.

EPILOGUE

여행의
기억

"그동안은 왜 이렇게 살지 못했을까?
조금만 더 여유를 가지고
조금만 더 하늘을 바라보며
조금만 더 웃고 지내면 되는 거였는데.
이렇게 따뜻한 물로 씻을 수 있다는 것,
이렇게 벌레가 없는 침대에서 잘 수 있다는 것,
이렇게 좋은 사람들과 커피를 마시면서 이야기한다는 것,
이런 사소한 것들이 행복이라는 것을 왜 여태껏 몰랐을까?"

여행 중에 수도 없이 했던 말이고 수도 없이 들었던 말이다. 그리

고 많은 여행자들은 볼펜을 꾹꾹 눌러 여행 일기장 마지막 장에 썼을 것이다.

'이제 여행을 끝내고 돌아가면 지금처럼 여행을 하듯이 살아갈 거야.'

마치 치유를 갈망하던 사람들이 그 아픔에 딱 맞는 치유법을 찾았을 때의 기쁨 같은 것을 담아.

그러나 아쉽게도 여행자들은 각자의 집으로 돌아가서는 스스로 치유했다고 믿은 병을 다시 안고 살아간다. 여전히 우리는 바쁘게 지내고 하늘을 더 이상 쳐다보지 않고 이유 없는 웃음을 짓지 않는다. 그리고 오랜만에 만나서 '여행할 때처럼 살고 싶었는데 결국 그대로네'라고 이야기한다.

어쩔 수 없나 보다. 여행이라는 것을 문신처럼 내 몸, 내 습관에 새길 수는 없는 것인가 보다. 그저 오랜 달리기 끝에 마시는 물처럼 잠깐의 갈증만 짜릿하게 풀어주고 다시 뛰기 시작하면 또 다시 목이 마르는 것처럼, 어쩔 수 없나 보다. 그래서 사람들이 매번 다시 떠나나 보다. 목이 마르니, 다시 그 목을 축이러. 그러곤 이번에도, 돌아가서는 여행할 때처럼 살아볼 거야, 라고 다시 다짐하겠지.

그래서 이젠 애써 일상도 여행처럼 살겠다고 다짐하지 않기로 했다. 그냥, 여행의 기억만이라도 소중하게 여기고 이따금 꺼내보며 지내기로 했다.

여행에서 대화를 건네는 방법

여행을 하면서 그림을 그리는 것은
나름 나만의 여행 대화법이었다.
길거리에 앉아 오랫동안 그림을 그리면
문득 누군가 내 옆에 앉아 말을 걸어왔고
게스트하우스에서 조금은 심심하게 벽화를 그리고 있으면
한 여행자가 무심한 척 적당한 노래를 틀어주었다.
그리고 손등에 헤나로 그린 꽃 몇 송이는
알록달록한 실 팔찌가 되어 내 손목으로 돌아왔고
장난스레 그린 얼굴 그림은
약간의 불평과 함께 과일 주스로 되돌아왔다.
그렇게 그림을 그리지 않았더라면
눈길조차 마주치지 않았을 사람들과
만나고 어울리고 많은 이야기를 나누었다.
그래서 여행을 하면서 그림을 그리는 것은
내가 여행에서, 사람들에게 대화를 건네는 방법이었다.

막상 여행이 끝나고 나니

가지 못한 곳이 아쉽지는 않았다.
다만,
조금 더 오래 머물지 않았던 곳들이 아쉬울 뿐이었다.
다음에는 조금 더 느리게 여행을 해야겠다.

노량진 육교,
어느덧
직장인 2년차

약간 과식한 듯 점심을 먹고 사무실에 돌아와 부른 배를 내밀며 미끄러지듯 의자에 앉았다. 그리고 스마트폰 화면을 천천히 넘기다가 우연히 시선이 멈춘 곳에 노량진 육교가 곧 철거된다는 기사가 있었다. 분명 가볍게 읽던 기산데 갑자기 어떤 한 덩어리가 내 가슴으로 쿵 내려앉는다.

노량진 육교가 없어지는구나.

사실 그렇다. 이렇게 마음이 걸릴 만큼 노량진 육교에 커다란 어떤 의미를 두고 살았던 것은 아니다. 노량진 육교와의 인연이라고 해봤자 10여 년 전 재수 학원을 1년 정도 다니며 거의 매일 지나갔던 것

뿐이다. 그곳을 매일같이 지나갈 때도, 그리고 지난 10여 년 동안 이 곳을 한 번도 아련하게 떠올린다거나 의미 있게 생각해본 적은 없었다. 재수 친구와 가끔씩 재수 학원을 떠올리며 긴 통화를 할 때도 유가네 닭갈비라든지, 양말가게 와플이나 이미 한참 전에 문을 닫은 삼계탕 집 '어가장' 같은 곳에서의 추억을 이야기하지만 한 번도 육교는 떠올리지 않았던 곳이다.

그런데 없어진다는 소식을 듣고 나서야 괜히 서글퍼졌다. 한 번도 떠올리지 않았던 기억들이 추억이 되어 올라왔다.

2004년 2월, 학원을 등록하기 위해 처음 노량진 역에 내렸을 때 불어온 찬바람엔 비릿한 냄새가 담겨 있었다. 그렇게 시작한 재수 생활, 친구들과 늦은 시간까지 야자를 했고 육교 아래 포장마차에서 '떡, 튀, 순'을 먹으며 수없이 '대학에만 가면'이라는 말을 붙이며 내년 신입생의 모습을 미리 상상했다. 넉넉하게 담아준 분식을 다 먹고는 함께 지하철을 타는 친구들과 무거운 가방을 짊어진 채 육교 계단을 올랐다. 멀리 전철이 들어오면서 육교가 살짝 흔들렸다. 그럼에도 우리는 익숙한 듯 오르지 않는 성적을 고민하며 쉼 없이 재잘댔다. 지나고 보니 육교만큼이나 떨리는 스무 살을 건너던 시간이구나.

육교에 대한 이런저런 생각이 며칠 마음속에 맴돌더니 결국 어느 일요일 오후, 노량진 가는 지하철에 올랐다. 스케치북과 펜을 들고. 그리고 여행지에서 그랬던 것처럼 육교에 앉아 그림을 그리려다 조금은 민망한 마음에 육교와 역이 한눈에 들여다보이는 카페 창가에 앉아 펜 뚜껑을 열었다. 마침 가깝게 붙어 있던 옆 테이블에 앉은 한 여자도 맥북과 태블릿을 펼쳐놓고 그림을 그리고 있어 말이라도 걸어볼까 하다가 역시 '여긴 서울이지'라는 생각에 마음을 접었다.

그림을 그리다가 문득 '여행 나가서 말고 일부러 그림을 그리러 나온 적이 있었던가?'라는 생각이 들었다. 그리고 대답은 역시 '이번이 처음이구나'였다. 얼마 전 회사 선배의 말이 떠올랐다.

"엊그제 피아노를 쳤어요. 그리고 문득 그런 생각이 들더라고요. 의미 없이 무언가 해본 게 참 오랜만이구나. 무의미하게 어떤 일을 한다는 것. 그래서 기분이 꽤 좋았어요."

일상도 여행같이 산다는 건 애당초 불가능한 일이었다. 그런데, 이렇게 스케치북을 들고 나오니 짧은 여행을 온 것만 같은 기분이 들었다. 이런 것이 일상의 소소한 여행일까?

삶의 타협인지 순응인지 혹은 이제야 진정한 여행에 대한 대단한 의미를 찾은 것인지 모르겠지만 어찌 됐든 여행하지 않는 나날들이 어떤 중독자의 금단 현상처럼 힘겹지 않다. 반복되는 지루함도 싫지만은 않고 약간의 스트레스도 나쁘지 않다. 여행처럼 큰 자극은 없지만 가끔 소소하게 퇴근 후 마시는 커피 반 잔도 나름 충분히 기분이 좋다.

그래도 이렇게 가끔 혼자 스케치북을 들고 나와야겠다. 여행하듯. 여행하듯.

21. MAR. 2012
HAPPY UP HERE G.H.
Gracias Seyoul por tu estadía
en Happy Up Here. Me encanta
tu dibujo y lo voy a cuidar
con mi vida!!
Te deseo lo mejor del mundo
Ana

FROM SUPERTRAM
FRIENDS!
WE THANKYO FOR THIS
BIUTIFUL PEACE OF ART. THIS
HUTCA BELONGS TO FRIENDS
LIKE YOU WHO WITH INSPIRATION
AND TECHNIC MAKE THIS PLACE.
YOUR HOME! THANK N' PEACE!

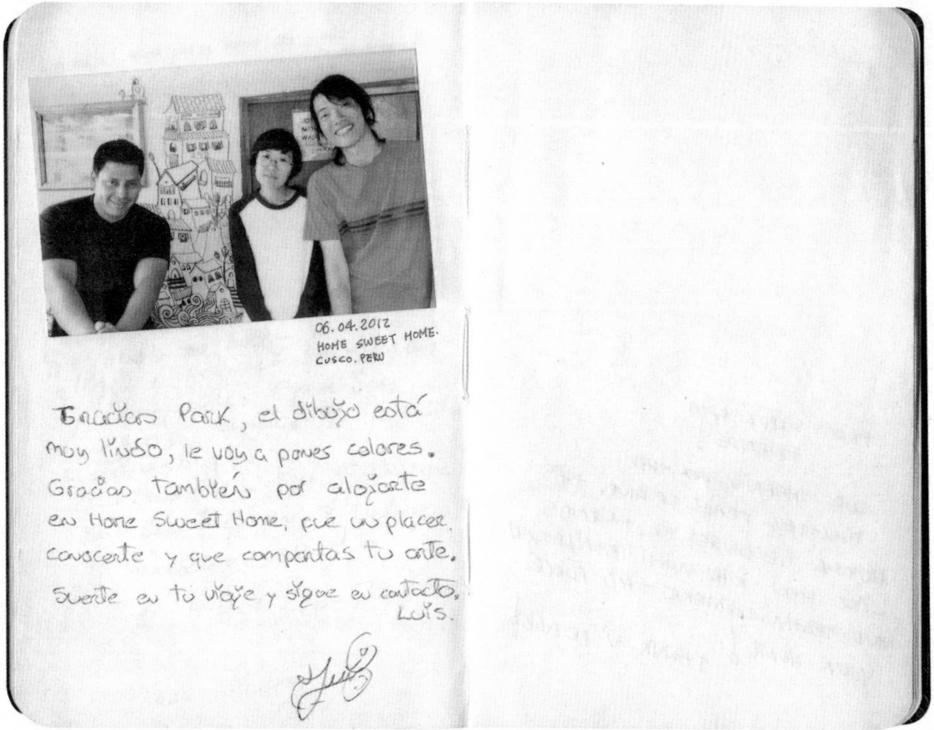
06.04.2012
HOME SWEET HOME.
CUSCO. PERU

Gracias Park, el dibujo está
muy lindo, le voy a poner colores.
Gracias también por alojarte
en Home Sweet Home, fue un placer
conocerte y que compartas tu arte.
Suerte en tu viaje y sigue en contacto.
Luis.

2012.04.12 . HOME SWEET HOME . AREQUIPA.
Seyoul, es buen amigo
alegre, le gusta dibujar
y compartir con sus
amigos. espero su pronto
retorno. en su carrera
éxitos en su trabajo
en su futuro trabajo
y muchos éxitos.
12-4-12. Arequipa.
María. Paulina

Thanks for the beautiful
art you left us!
"Anything worth doing
is worth doing right"
Thomas
- Abar 941
c/EEUU y Tacuary

박세열님!! 너무 반가웠어요.. 오래(?) 계셨으면
했는데, 그래도... 좋은 분을 만난 것 자체로 기쁨입니다.
그려주신 그림들 볼 때마다 기억할께요.
남은 두달동안 즐거운 여행 되시고, 더 좋은 그림들을
기대합니다. Good Luck!! Chau!!
Un Abrazo
미나

2012.06.11—BUBA HOUSE
Barcelona!

Muchos Gracias Seyoul!!

Thanks for make a
nice decoration at
the hostel BUBAHOUSE
You always welcome
here! the Best.
ARiEL

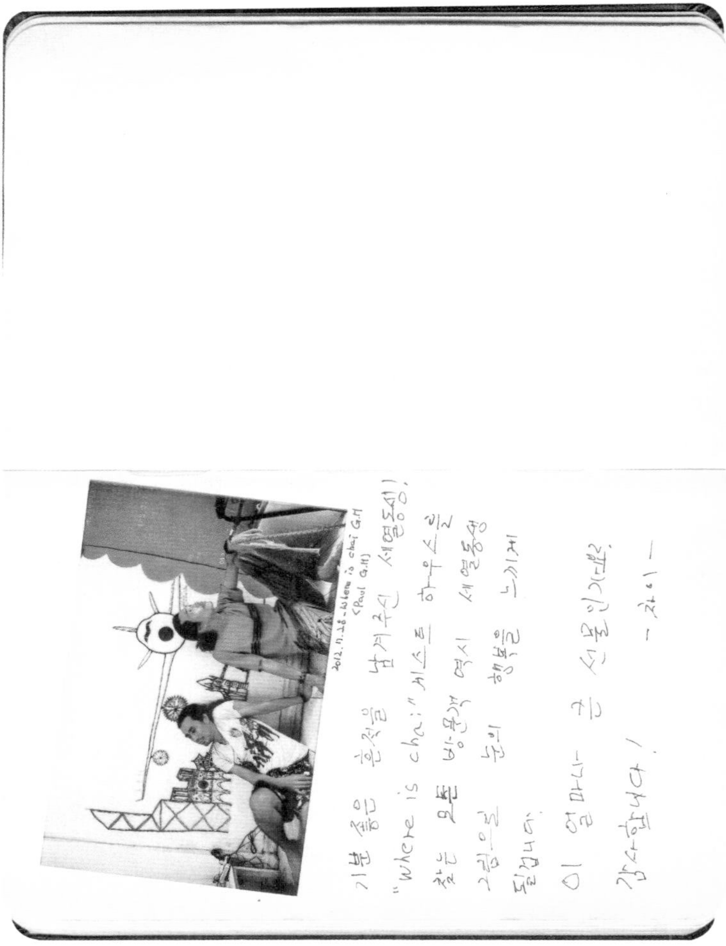
2012. 11. 28 - Where is chai G.H
<Paul G.H)
기분 좋은 흔적을 남겨주신 세열동생!
"where is chai" 게스트 하우스를
찾는 모든 방문객 역시 세열동생
그림으로 눈의 행복을 느끼게
될겁니다.
이 얼마나 큰 선물인가요?
감사합니다!
- 차이 -